高名凯译文集 5

杜尔的教士

《独身者》三部曲之一

（法）巴尔扎克 著

海峡出版发行集团 THE STRAITS PUBLISHING & DISTRIBUTING GROUP | 海峡文艺出版社 Haixia Literature & Art Publishing House

译　序

这几年来，因为生活的颠沛，颇做了一些行外的事情。巴尔扎克小说的翻译就是其中的一种。回想一九四一年冬天，我和燕京大学遭受同样的命运，其狼狈的情况实在是难于笔述。后来我受中法汉学研究所的聘请，担任研究员的职务。那时候，物价已渐高涨，汉学研究所所给我的报酬实在没有法子让我维持最低的生活。然而“不合式”的工作又不愿意接受，几乎没有一天不在经济的压迫之下。幸亏我的朋友俞鸿模先生和陈伯流先生约我为上海书店翻译巴尔扎克的小说。于是，这外行的工作也就只好担任下来了。那时候，我的《汉语语法论》已经脱稿，所以每日到所工作六小时之后，回家时还能抽出时间来翻译，平均每日译四五千字。这样的堆积下来，不觉已将巴尔扎克《人间喜剧》的“外省生活之场景”所包括的各篇小说大半译竣，成书计《欧琴妮

·葛兰德》、《幽谷百合》、《幻灭》（共三部）、《打水姑娘》、《毕爱丽黛》、《杜尔的教士》等一百万言之谱。不幸翻译不及一年，书店被日人查封了，我的工作也就停顿了。胜利以来，又因为种种问题，书店方面没有消息。最后得俞鸿模先生来信，说是译稿即将于海燕书店出版，并嘱再行继续翻译，希望能将《人间喜剧》所有的五十余部小说全数译出。我本来是文学的门外汉，而燕大的课务又极忙碌，说道理不应当再作这行外的工作，然而一来因为俞先生的热忱使我极觉感动，在这“斯文扫地”的时代里，俞先生还愿意继续这“没出息”的文化事业，他的精神实在是可佩服的；二来因为愈读巴尔扎克的书愈觉得他的伟大，愈觉得这工作之有意义；三来因为胜利的结果不能使我们这一批读书人得到生活上的保障，所以也就勉强的答应了下来。我不知道我能够继续翻译到什么时候，更不知道书店的力量能够出到几部书。我只尽我的能力来担负这“费力不讨好”的工作。

我的文学修养本极有限，现在来担负这重大的壮举，心中委实觉得不安。我希望贤达之士能够给我批评和指导。

看到我目前的状况，想到巴尔扎克当年之以债务的压迫而努力写作，我有无限的同情，我有无穷的感慨。然而巴尔扎克总还能够完成他这百科全书式的巨著，我却只能够给他作些翻译介绍的工作，不禁惶愧万状。

我译巴尔扎克小说时，得吾妻陈幼兰女士的帮助甚多。她给我解决了许多疑难的问题，甚至于替我翻译了好几段。我的朋友沈宝基先生也帮我解决一些问题。都应当在此致谢。

一九四六年九月二十日

献　给

雕刻家大卫

您的名字曾在这一世纪中显耀过两次，我曾把您的名字铭刻在我的小说中，这部小说能流传到什么时候实在是个问题，然而您却把我的名字刻在铜像之上。这铜像要永远存在于各国人的脑海之中，只有钱币制造家的粗俗的铁锤才会敲打他。当古钱学家在巴黎的灰烬之中找到您的雕塑总是永远的存在于民众的生活之外，而可以从中看到各朝代的变迁的时候，他们不是要为您的工作室所有的许多人头塑像而觉得为难吗？所以，神圣的特权是属于您的，属于我的只有我对您的感恩。

得·巴尔扎克

一八二六年初秋，本书主角毕骆都教士夜会归来，路上遇着一场暴雨。他虽是肥满的身躯，倒还敏捷的穿过了杜尔城的圣卡田教堂后身一块小小的荒凉的广场，名叫隐修院的。

毕骆都教士短小的身材，风痛病的体质，有六十岁的模样，他曾忍受过不少次风痛病的苦楚。在生命的一切痛苦中，这位善心的教士所最厌恶而不能容忍的就是他那双常常湿透而有大钩子的破鞋，连底都是透水的。事实上，他虽然和教会中其他的人同样谨慎的用这双法兰绒的靴子来包捆他的双脚，然而他却不免得些湿气；第二天他的老毛病也总要发作。但是，因为隐修院的石子路总是干的，而毕骆都教士也在李斯杜麦夫人家里玩魏斯特牌赢了三个佛郎零六苏，他就忍受着雨。自从他经过教区广场的时候，雨就下得很大了。这时候他又想起他的迷恋。这是十二年来的希望，教士的希望！十二年来的每天晚上，这希望都好像是要成功了。总之，他太把自己束缚在这“僧会会员”的外套里，甚至于连外边的气候也难得感觉。晚上照例到李斯杜麦夫人家里来聚会的人们都给他保证能够得到僧会会员的地位。圣卡田总主教的遗缺正空着，没有比他更合式的人，他那久被埋没的权利这一次总可以确定无疑了。假若他玩牌失败的话，假若他知道他的竞争者波瓦勒尔教士得到这僧会会员的地位的话，这位好好先生一定会觉得这雨下得更冷，也许要咒骂自己的生命。但是他觉得自己生命中很少遇见这种情形，快乐的念头使他忘却了一切。快捷的脚步使他跟随着机械的行动。事实是风土人情的要素，他让我们说：毕骆都教士既不是想到暴雨，也不是想到风痛病。

往昔在那隐修院界里，靠大街那边，有一道围墙连着好几所的房子，这些房子都是属于大教堂的，那里住有几位有地位的教会人物。自从修道人让出财产之后，这城市就筑有一条道路，把这些房子隔开了，这条道路名叫萨来特，是从隐修院一直通到大街的。这条路的名字正足以表示那里以前曾经住过教堂的大歌咏家，他的生徒和依靠他的生活的人。这条路的左边占据有一所单独的房子，圣卡田教堂的弓形支柱正是建筑在他那狭小的花园里，穿过这所房子的墙，使人怀疑到底这所大教堂是建筑在这所老住宅之前，或是之后。但是细细的考察这些花卉图案的建筑，窗子的式样，门户的穹窿和那房子的外表因时间的关系而变成棕黑色的样子，考古学家一定会认为他是配合伟大纪念物的一部分。假若这缺少文艺的法兰西城市杜尔里有个古董家的话，他也可以从隐修院过道的进口处看得出穹窿的故墟，这是昔日教会住宅的正门，应该和这大建筑的一般的特征相调和。在圣卡田教堂的北边，这所房子是隐蔽在从教堂所投射出来的阴影里，这伟大的教堂是由时间给他穿上黑色的外衣，印下皱纹，布下潮湿的冷气，青苔和深长的野草的。所以，这住宅总是包裹在一种深远的寂静中，只有钟声，穿过教堂的厨夫的歌唱或是栖在钟楼顶梢的小鸟的啼鸣不时不时的打破这岑寂。这是一块多石的荒地，具有特殊姿态的僻处，只能够让那些一无所能或是赋有奇异精神的人物来居住。上面所提的这所住宅总是被一些教士所占据的，是属于一位老处女葛玛儿小姐的。虽然这产业是葛玛儿小姐的父亲在恐怖时代从国家得来的，因为这位老小姐二十年来总是让教士们住在那里，所以在复辟时代，没有一个人敢认为一位女信徒守据一所国家的房产是不应该的：也许信教的人们都以为她要把这所房子遗赠给教会，而教外的俗人却没有看到这所房子的归宿的改变。

毕骆都教士就这样的朝着这所已经居住过两年的房子走。他的寓所，正如这时候他对僧会会员的地位的羡慕一样，是十二年来他的欲望的对象。当葛玛儿小姐的房客，当僧会会员，这是他的生命之中的两桩大事；这两桩事也许可以正确的概括一个自认走上永生之路而只能够在这人世之中愿望一个好寓处，一张好桌子，一些清洁的衣服，一双有银钩的鞋子，一些足以供给兽性的需要的物品，还有一个用以满足至死为止跟随我们的（因为圣人之中也有阶级的不同）难以形容的自尊感觉的僧会会员的地位的教士所有的野心。但是占有彼时毕骆都教士所住的寓所的羡欲，这个在世俗的人眼中只是极乎渺小的情绪，在他方面却是一个大欲望，满充着障碍的欲望，并且正如最含有罪恶的欲望一样，他是满充着希望、快乐和悔疚的。

屋内面积的分配不允许葛玛儿小姐接受两个以上的房客。所以，十二年前，当毕骆都变成这位小姐的房客之先，她得负责维持杜鲁伯尔教士和沙普路教士的快乐和健康。杜鲁伯尔教士还活着，沙普路教士却已经去世了，毕骆都就是立刻继承他的人。

已故的沙普路教士，当他活着当僧会会员的时候，曾经是毕骆都教士的知友。每次当这位助理走进这位僧会会员的寓所时，他总是非常的羡慕这寓所、家具和书籍。由于这羡慕就产生了占有这些物品的欲望。毕骆都教士简直没有办法来堵灭这欲求，当他想到只有知友的死亡才可以满足这隐蔽的贪欲的时候，这欲求常常使他大为苦痛，然而却一天一天的加强。沙普路教士和他的朋友毕骆都都不是富有的。他们都是农家子，他们只有教士们所得到的微薄的薪水，而他们的有限的金钱却都花费在革命时代的过活上。当拿破仑恢复天主教的时候，沙普路教士被命为圣卡田的僧会会员，毕骆都也就当了大教堂的助理。那时候，沙普路就寄宿在葛玛儿小姐家里。当毕骆都到僧会会员的新居来拜访的时候，他发现过这寓所布置得十分合宜；但是他却看不到其他的任何东西。对于这些家具的贪欲的开端就好像是一位年青人开始对将要被他溺爱的女人作冷淡的钦佩时所有的真实的欲望。

这个由石阶来通达的寓所是位在那些朝南的住所之中的。杜鲁伯尔教士占据了地面层，葛玛儿小姐占据了朝街的主要建筑的第二层楼。沙普路初来居住的时候，房间都是空的，天花板都是被烟熏黑的。雕刻得不大雅致的石制壁炉的烟突从来没有油漆过。可怜的僧会会员的一切家具就是他最初所排放的一张床，一张桌子，几条椅子和他所有的几本书。寓所很像是一位衣衫褴褛的美女。但是两三年之后，因为一位老太太给沙普路教士留下两千佛郎，他就利用这笔款去购买一套橡木的书架，这些书架是从一座被盗贼所破毁的别宫来的，上面的雕刻非常的动人，值得艺术家的羡慕。教士所以购买的缘故多半是因为这家具和回廊的面积的相宜，不仅是因为价格的低廉。那时候，他的经济状况允许他完全重修一向都是破旧不堪的回廊。地板擦得亮亮的，屋顶刷得白白的，壁板油漆成橡树的颜色和节纹。云母石的壁炉代替了旧壁炉。僧会会员颇有艺术的趣味去寻找一些有雕刻的胡桃木的靠椅。还有一张乌木的长桌和两个布尔的家具给这个回廊凑成了一个非常特殊的风格。两年之中，许多信徒的慷慨捐输和敬虔忏悔徒的遗赠（虽然是微薄的）就给这个空无所有的书架堆满了书籍。最后，沙普路的一个舅舅，一位老演说家，又给他遗赠了折成二页的藏书公教《司铎集》和其他教士所用的名著。毕骆都惊异的看着这个空回廊的变迁，他渐渐的起了贪欲之心。他发愿要占有这个与教士风尚有关的书房。这欲望一天一天的增强。这位助理整天在这隐遁所里忙着工作，他居然能够在钦佩这巧妙的布置之后欣赏这岑寂而平静的生活。沙普路教士使这间小室变成信友们所要加以美化的宣教台。再后，一位贵妇又给这位僧会会员的房子送来了一个亲手加绣的家具；这是她长时间在爱友的目光之下绣成的，然而却没有让他知道她的用意。所以，卧室也就和回廊有同样的作用，他也同样的使助理先生眼花目眩。最后，在他去世之前三年，沙普路教士就装饰了他的客厅，完成了他的寓所的设备。虽然只装饰有榆特哈特红丝绒，这家具却诱惑了毕骆都。自从僧会会员的朋友看见红色窗帘，桃木家具，装饰这间新油漆的大房间的乌布桑地毡之后，沙普路的寓所就变成了他的一种秘密癖嗜的对象了。在毕骆都看来，居住在这里，睡在僧会会员所躺卧过的这张挂有大绸帐的床上，正如沙普路一样的在身边找到一切的舒适，这简直是享福。在这之外，他再也看不见别的东西了。世俗的事物所能在他人心中产生的一切欲望和野心都集中在毕骆都教士的幽深的情绪里，他就依据这情绪而愿望能够占有一个和沙普路教士所创造的同样的室内设备的寓所。当他的朋友生病的时候，当然他是因为诚恳的感情而来探视的；但是一听到僧会会员的病状或是陪伴着他的时候，毕骆都教士的灵魂深处就浮出了成千的念头，其最简单的公式总是这样的：

“如果沙普路死了的话，我就可以占有他的寓所了。”

然而，因为毕骆都有一颗超等的心田，狭窄的观念，有限的智慧；他还没有走到阴图承袭朋友的藏书和家具的地步。

沙普路教士是个可爱而宽大的自私主义者，他猜到他的朋友的欲望（这并不是难事）而赦宥他（这在一位教士方面似乎是比较不容易的）。但是，助理的友谊总是不变，他还是每天继续跟他的朋友一块儿在杜尔的梅伊小径上散步，二十年来没有一次错过这散步的时刻。毕骆都往往在无意之中承认自己的愿望是罪过，他就在忏悔的驱使之下对沙普路教士特别的忠实。临死之前的几天，当他的朋友给他念读《每日新闻》的时候，沙普路就给他的朋友这种天真诚实的友谊付了他的代价，对他说：

“这一次你可以得到我的寓所了。我觉得我已经没有希望了。”

事实上，在他的遗嘱里，沙普路教士的确把他的藏书和家具遗赠给毕骆都。占有了这些如此切望的物件，眼看着能够当葛玛儿小姐的房客，这使毕骆都大大的减轻了因为损失一位朋友而产生的苦痛；他大约不会要他复生，但是他却哀哭他。几天的光景，他却和死了因为生产班达格鲁埃尔而伤亡的妻室的迦尔甘杜亚一样；迦尔甘杜亚不知道应当庆祝儿子的出生或是哀悼贤妻巴德柏克的下葬。他错误了，因为他终于庆祝妻室的死亡而悲伤班达格鲁埃尔的出生。毕骆都教士在挂孝的最初几天里都忙于核定他的藏书，应用而考究他的家具，一边就用了一种无法标明音阶的声调说了一句：“可怜的沙普路!”总之，他忙于快乐，忙于苦痛，没有感觉到任何的苦恼让人家袭取了已故的沙普路希望毕骆都来承继的僧会会员的地位。葛玛儿小姐快乐的接受助理来当她的房客，从此之后，助理也就参预了已故僧会会员所给他吹嘘的物质生活的享受了。无穷的好处！根据已故沙普路教士的话，住在杜尔城的任何的教士，除了主教之外，都不能够得到葛玛儿小姐对她的两位房客所有的那样细心周到的看待。在梅伊道上散步的时候，僧会会员对他的朋友所说的最初几句话差不多都是涉及刚吃过的甘美的饭食，而在每星期的七次散步中简直不止对他的朋友说上十四次下面的一段话。

“这位超卓的小姐无疑的是奉上帝的命令来伺候教士的。请您想一想，”沙普路教士对毕骆都说，“连连的十二年，白布单，白道袍，白衫，颈布，我从来没有缺乏过。一切的东西都是放在原来的地位，都是够用的，而且都闻着蝴蝶花的香味。我的家具都是擦得亮亮的，好久了，我简直就不认识什么是尘垢。您在我家里看见过一颗尘土吗？绝对没有看见过！烧火的柴也是选得很好的，就是极微小的东西也是最好的：总之，葛玛儿小姐似乎对我的房屋不断的加以青眼。十年之中，我就没有记得曾经因为过什么事情而给她按过两次铃。这就是生活！用不着寻找任何的东西，就是自己的拖鞋也是便着的。火总是烧得旺旺的，桌子总是排得好好的。还有，我的风箱不能用的啦，口筒塞住啦，我也用不着说两遍，好！第二天，小姐就给我送来一个非常好看的风箱和这两根您看见我拌火用的小棒。”

毕骆都只回答说：

“闻着蝴蝶花的香味！”

这“闻着蝴蝶花的香味”一句话总是触动他的。僧会会员的话语在可怜的助理看来是一种理想的幸福的表现，他的颈布，他的白衫都可以使这位助理回眸一顾；因为他的生活没有任何的秩序，他也常常忘记叫人开饭。所以，无论是在察伺也好，是在念读弥撒也好，只要他在圣卡田看见葛玛儿小姐，他总忘记不了给她投去一道温和的逢迎的目光，正如圣女泰勒斯向上天所能投去的眼色一样。

一切人类所愿望的唯一的喜乐，他所常常梦想的这个独一的快事已经满期了。因为一切的人（甚至于教士）都很难于十八个月之中没有任何得意的事情而生活着，毕骆都教士就用获得僧会会员地位的愿望来代替他那满足了的两个欲求了。他对于僧会会员这一衔头的愿望正如一位当了部长的平民对于世卿衔头的愿望一样。所以，任命的可能性，人家刚在李斯杜麦夫人家里给他说的希望使他回过头来，甚至于使他一直回到家里时才记得忘却了雨伞。如果不是下成了暴雨，说不定他还记不得这个，因为他是快乐得只管重复申述李斯杜麦夫人的会社对他所说的那些关于他的高升的话。李斯杜麦夫人是个老贵妇，每星期三晚上他都到她家里去过夜会。助理拼命的按铃，好像对他的女仆说不要让他等候似的。然后，他就缩在门角里，希望在可能之内少淋一点儿雨；但是屋顶上流下的雨水却刚刚好灌在他的鞋尖，暴风也不时不时的给他吹来雨泡，好像是治疗术上的灌水一样。计算走出厨房来到门上牵拉绳子的必要的时间之后，他又重新按铃，希望能够产生出一种极有意义的连续的打钟声。

“他们不会出门。”他听不见屋内有任何的动作，就这样的对自己说。

他又第三次开始按铃，铃声这样尖锐的在屋内震漾，这样的被大教堂的一切回音重荡着，听了这急切杂乱的喧嚣而不醒觉简直是不可能的事。所以，一会儿之后，他并不是没有渗杂着幽默的愉快而听到他的女仆在小石路上扣响的木屉声。然而脚肿病的苦痛却并没有他所想象的那样快速的结束。玛丽安不牵拉绳子，他不得不用一把大钥匙来打开门锁而卸下门闩。

“这样的天气，您怎么让我按了三次铃呢?”他对玛丽安说。

“但是，先生，您看清楚门是关闭的。大家都睡了好久了，九点三刻都打过了。小姐还以为您没有出门哩。”

“可是您看见我出门，您！并且，小姐知道我每星期三到李斯杜麦夫人家里去。”

“真的，先生！我所做的事情都是听小姐的吩咐的！”玛丽安一边回答，一边关门。

这些所给毕骆都带来的打击是和他的梦幻所给他带来的幸福一样的深刻。他不作声了，跟着玛丽安到厨房去取他的烛盘，因为他相信他曾经把这烛盘放在那里。但是玛丽安并没有到厨房去，她却领着教士到他的房子来，他看见烛盘放在红客厅门边的桌子上，这客厅是已故的僧会会员用一面玻璃墙在梯头上给围出来的一种接待室。惊讶而无言，他赶紧走进自己的卧室，发现壁炉里没有火，就叫玛丽安，玛丽安还没有时间下楼。

“您没有生火吗？”他说。

“对不起，教士先生，”她回答，“它会灭的。”

毕骆都又重新观察火炉，他看准从早晨起这炉火就是一直盖灭的。

“我得烤干我的脚，”他接着说，“给我生火罢。”

玛丽安就以一个想睡的人的敏捷来听从他。他亲自寻找拖鞋，然而并不像往日一样的放在床前的地毡上，教士就用诽谤玛丽安的神气说了几句话，表示她并没有依照她所说的离开过她的床。于是他就想起差不多两星期了，他已经没有了十八个月以来使他生活舒适的那些小看顾了。正如小器量的人往往要猜想极乎微小的事情一样，他忽然大加思考他人所见不到而却被他认为是四大悲剧的四桩事。这当然是整个损失他的幸福的问题：忘记了他的拖鞋，玛丽安对于生火问题的撒谎，把烛盘违例搬到接待室的桌上，人家有意让他站在门上受雨淋湿的被迫的停留。

当火焰在火炉里发亮，夜灯点起的时候，当玛丽安离开他而没有像往昔一样问他：“先生，您还要什么吗？”的时候，毕骆都教士就让自己轻轻的走到他的亡友所有的那张美丽而广阔的靠椅去；但是他坐在这椅上的动作却是悲惨的。这位好好先生忽然预见到一种可怕的不幸。他的双目继续的瞧着美丽的镜框，衣橱，椅子，布帘，地毡，寿床，圣水瓶，求主苦像，凡郎丹的圣母像，黎布郎的基督像和这房内的一切的附属物。他的姿态表露出一位情人跟第一个情妇离别时或是一位老年人跟手植的最后的花木永别时所有的最柔情的苦痛。助理刚刚认识（这已经太晚了一点）

三个月以来葛玛儿小姐对他所施的阴密的迫害，她的恶意应当是更早被一位聪明的人猜透的。老小姐们难道没有一种天才来尖锐化仇恨所给她们指示的举动和话语吗？他们就跟老猫一般的搔毁。她们不但是伤人，而且是以伤人来寻求乐趣的，要让她们的牺牲品知道受到她们的伤害。世界上的男子不至于受到两次的爪伤，老实的毕骆都却需要好几次打在面上的爪伤，然后才会相信人家的恶意。

因为这种惯于指导良心，惯于挖掘忏悔人的心灵的宝库的教士们所感染的颇有疑问的敏锐，毕骆都教士立刻就建立了下面的假设，好像是对付一个宗教的争论似的：

“假定葛玛儿小姐没有想到李斯杜麦夫人的夜会，假定玛丽安忘记了生火，假定人家以为我已经回家了，假定我，我亲身！今天早上拿了我的烛盘下楼！看见这烛盘在她的客厅里的葛玛儿小姐绝不能够以为我睡了觉。所以，葛玛儿小姐是有意的让我在门外让雨打，并且是存心让我知道她的用意而把我的烛盘拿上楼来……——为什么呢？”他受到环境的重压而激奋，就这样大声的叫，一方面站了起来，脱下淋湿的衣服，穿上室内便服，改换夜装。

然后，他又从床前走到壁炉，一边指手画脚的发出各种不同的音调，说了下面的几句话，每句话都是以锐声结尾的，好像是用来代替感叹号似的：

“我有什么对不起她的地方呢？她为什么要对我这样呢？玛丽安绝不会忘记给我生火！一定是葛玛儿小姐叫她不生火！在她所给我的腔调和颜色之中而觉不出使她不高兴是我的不幸，那简直得当孩子。沙普路从来就没有碰过这样的事情！这种苦恼，简直是活不下去……我这样的年纪！……”

他就在希望能够于第二天早晨明白毁坏他久已垂涎而终于享

受了两年的幸福的怨恨的原因之中睡下了。啊！葛玛儿小姐所给他的情绪的秘密的动机是他一辈子也猜不透的，这并不是因为难于猜测，而是因为这位可怜的男子没有一些伟人们或骗子们所知道而用以自己反应，自己批判的信念。只有天才或阴谋家才会对自己说："我错了。"只有利益和才能才是良心和敏悟的参谋。然而毕骆都教士的良善几乎近于愚笨，他所受的教育似乎是强制的工程，他对于社会，对于风俗没有任何的经验，他只生活在弥撒和忏悔的礼节之中，他极力忙于解决最微末的良心问题，用本城寄宿者和一些了解他的善士的忏悔师资格来说，毕骆都教士可以说是一个完全不谙世故的大孩子。不过，一切人类所有的天生的自私主义却在教士所有的特殊的自私主义和外省狭小生活所生的自私主义的增强之下不知不觉的在他身上发展起来，而不为他所怀疑了。如果有一两个人相当高兴来挖掘助理的灵魂而给他指示在他生活中极乎微小的部分，在他私生活的细小的责任中他却根本缺乏他所自以为可以做为职业的忠诚的话，他一定会自己责备自己，改变他的信念。但是我们所打击的人们，甚至于是无意之中加以打击的人们，他们却管不得我们的天真，他们要报复，他们懂得如何的报复。所以，不论毕骆都教士是如何的脆弱，他都得屈服在这强力的赏罚权之下，这权力总是存在着，总是使世界来执行一些傻子所谓的"生命的不幸"的判决的。

沙普路教士和他的助理之间有这么一个区别，一位是精巧的聪明的自私主义者，一位是坦白的笨拙的自私主义。沙普路教士到葛玛儿小姐家里来寄宿的时候，他十分清楚如何去判断他的女房东的性格。忏悔的情结教他认识自处于社会之外的不幸在一位老小姐的心坎上所给予的一切的苦味；所以，他就非常谨慎的计算着他在葛玛儿小姐家中的行为。那时候，女房东只有三十八岁的年纪，她还保守着一些野心，这种野心在这些深心人的心中后来往往会变成了高自标置的情绪。这位僧会会员懂得要和葛玛儿小姐相安共处就得同样的注意，同样的细心，比教皇还要无错过。为着得到这个结果起见，他只许在自己和她之间建立下一些极乎合礼的接触和那些同院居住的人之间的必要的来往。所以，虽然杜鲁伯尔教士和他两个人每天都照例的用三顿饭，他却不跟他共同吃早点，而让葛玛儿小姐每天把他的牛奶咖啡送到床上来吃。他还避免宵夜的麻烦，每晚都到过夜会的人家去喝茶。所以，除了吃晚饭的时候以外，他就很少见到女房东；但是他总是在规定的时间之前几分钟到场的。在这客气的拜访之中，十二年的居留，他总是给她发出的同样的问话，得到她的同样的回答。葛玛儿小姐夜里的睡眠状况，她的早餐，家庭的琐事，她的脸色，她的卫生状况，天气，祈祷的时间，弥撒的事故，还有某某教士的健康，这一切的一切都是这周期的谈话的材料。吃晚饭的时候，他总是进行了许多间接的阿谀，不断的从鱼类的性质，菜食的美味或汤汁的情况讲到葛玛儿小姐的品格，讲到女房东的德性。他确信能够在吹嘘老小姐制造果子酱，黄瓜，干渍糖果，香肉和其他新发明的烹饪术的技巧中来抚摸老小姐的一切虚荣心。并且，这位狡猾的僧会会员从来没有离开女房东的黄色沙龙而没有对她说在杜尔的任何房子里都喝不到他刚才所尝过的那么好的咖啡。侥幸有葛玛儿小姐的性格的完全的和合，侥幸有僧会会员十二年来所教导的生存法术，在他们之间向来没有发生过什么可以引起争论的家中细故。沙普路教士先认识这位老小姐的率真，她的粗糙，她的简陋，在他们之间规定下一种不可避免的曲折的行为，因而能够从她那里得到一切有关幸福，有关生活安宁的必要的让步。所以，葛玛儿小姐就说沙普路教士是一位非常可爱，非常容易共处，非常聪明的人。至于杜鲁伯尔教士呢，这位女信徒却一句话也没有提到他。杜鲁伯尔的生活完全是和卫星在行星的轨道之中一样，他在她眼里是一种隔乎人类和狗类之间的东西；他在她心中的地位刚刚好是在她所留给她的朋友们和她所钟爱的喘息的大巴狗的地位之前；她整个的管束他，他们的利害的关切是非常紧密的，许多葛玛儿小姐会社中的人物甚至于都以为杜鲁伯尔教士对于老小姐的财产大有垂涎之意；他是用容忍的态度来交结她，表面上听从她，事实上则是同样的管理她，不让她看出有任何圈制她的意向。

沙普路教士去世的时候，希望有一位温和的房客的老小姐自然就想到助理来了。僧会会员的遗嘱尚未公布，葛玛儿小姐却已经想把死者的寓所让给她的好友杜鲁伯尔教士，因为她觉得教士住在地面层不大舒服。但是当毕骆都教士来跟老小姐商议订立私人住宿契约的时候，她看见他对这久已垂涎的寓所（他的欲望的强烈的程度现在可以看得出来了）是有多大的奢望，她甚至于不敢跟他谈到对换，而在利益之前放弃了她的感情作用。为着安慰亲爱的僧会会员起见，她就用匈牙利的花地板来代替砌成这寓所的石板地的雷诺别宫的白砖，重盖了一个烧火的壁炉。

毕骆都教士看见他的朋友沙普路看见了十二年，然而却从来没有想到他和葛玛儿小姐如何的进行他的谨慎的关系。到这老女信徒家里来寄宿的时候，他觉得自己的地位正是一个站在幸福边缘的情人一样。虽然他并没有失去他的智慧，但是他的眼睛未免太被幸福眩惑了，他不能够判断葛玛儿小姐，不能够思虑他和她日常生活的关系所应取的步骤。从远处来看葛玛儿小姐，从物质享受的眼镜来看葛玛儿小姐，他觉得她是一个完美的造化，一位虔诚的基督教徒，一个值得慈爱的人物，教会的女人，神圣的处女，饰有给生命散布天香的谦卑的德性。所以，他就用一位到达久慕的目的的男子的同情，一位儿童的诚实，一位没有世俗经验的老年人的轻躁，和投进蜘蛛网的苍蝇一样的步进了葛玛儿小姐的生活之中。所以，当他到这位老小姐家里来吃晚饭来睡觉的第一天，他就被一种急于和她交友，一种常常妨碍懦夫使他只怕没有说完话就出去未免太无礼的不可解释的拘泥给逗留在她的客厅里。他就这样的留在那里整个夜晚。那天晚上另外一位老小姐，毕骆都的朋友维莲诺瓦·沙罗曼来拜访。葛玛儿小姐就很高兴的组织了一个波斯顿牌会。临睡的时候，助理觉得他是过了一个非常舒服的夜会。他只非常肤浅的认识葛玛儿小姐和杜鲁伯尔教士，他只看到他们的表面的性格。很少的人一下子就把自己的缺点赤裸裸的表现出来。一般的说，每一个人都想方法给人家一个动人的外表。所以，毕骆都教士就计划把一切的夜晚都献身给葛玛儿小姐，不到外面去过夜会。几年以来，女房东也养成了一个一天强似一天的欲望。这欲望是一般老年人和美女们所有的，他在这位老小姐心中就好像毕骆都对于他的朋友沙普路的寓所的欲求一样，而在世俗的人所先有的骄傲、自私、羡慕、虚荣的驱使之下产生在老小姐心中。这是一切时代所共有的故事：这些人是在狭小的社会圈里活动着，我们只要把这社会扩大，就可以寻出有关于发生在最高社会中的事故的原因。葛玛儿小姐轮流着到六个家庭或是八个家庭去过夜会。也许因为她深以必得到外面去寻找社会为抱憾而合法的自信，以她的年纪应当要求别人到她家里来；也许因为没有自己的社会使她的自尊心感到伤痛；也许因为她的虚荣心使她产生了效法朋友们所享受的恭维和方便的欲望，她的整个野心就是要使她的客厅变成了一部分人每日夜晚的行乐场。当毕骆都和他的女朋友沙罗曼小姐在忠实而忍耐的杜鲁伯尔教士的陪伴之下到她家里来过了几次夜会之后，一天晚上，走出圣卡田的当儿，葛玛儿小姐就对那些一向都被她认为是主人的女朋友说：要来看她的人每星期都可以到她家里来一次，她能够召集相当数目的朋友凑成一桌波斯顿牌战；她不应当让她的新房客毕骆都教士寂寞；沙罗曼小姐从来没有缺席过一次的星期夜会；她是属于她的朋友们的……她的话语是谦逊而自大的，非常温和的，因为维莲诺瓦·沙罗曼小姐是杜尔社会中最高贵的女人。虽然沙罗曼小姐完全是因为助理的友谊而来的，葛玛儿小姐却以她的出席认为是自己的胜利，自信是在毕骆都教士的恩典之下即将结成一个高朋满座的舒适的沙龙，足以匹敌李斯杜麦夫人，布落提尔·麦尔冷小姐和其他接待杜尔的敬虔信友的会社。但是，不幸得很！毕骆都教士却使葛玛儿小姐的希望流产了。那些居然能够在生活中享受久已愿望的幸福而了解助理睡在沙普路床中的愉快的人们应当也能够略为想到葛玛儿小姐计划失败时所有的苦恼。相当忍耐的享受了六个月的福气之后，毕骆都却躲开这夜会，跟沙罗曼小姐一同到外面去了。无论她是如何的努力，野心的葛玛儿总不大容易征召五六个人，这五六个人的恒心而且很成问题，可是要凑成了一桌波斯顿牌戏却至少得有四个坐镇的客人。所以，她就不得不给人家谢罪，不得不回到老朋友们的家里去，因为老小姐们相处得太不和睦，她们要寻找许多社会上的双关语来互相讽讥。这缺席的原因不难明白。虽然助理先生是一个在“愚笨的人有福”这句断语之下一定可以进入天国的人，正如多数的傻子一样，他却不能够忍受其他的傻子所给他产生的骚扰。不大聪明的人好像是在沃土中相处的劣草一样，他们之喜欢被人拿来开心，正如他们之喜欢互相搅扰一样。这喜欢互相搅扰的情绪是根深蒂固的化生在他们的身体之中，使他们成了牺牲品，再加上他们彼此之间的永远的互相躲避的需要，就产生了这种对于行动感觉苦痛的情绪，这种老是停留在彼此之间并无分别的地方的必要；老是作为没有感觉的物类，没有前途的物类，或是因为错误而受罪的物类。可怜的毕骆都教士没有试探过葛玛儿小姐的空虚的程度，没有解释过她的思想的狭小，他后来却因为自己的不幸而看出她跟一切老小姐所共有的缺点，她所特有的错处。他人的坏处是这样强有力的使我们抹杀他的好处，结果在伤害我们之前，我们就会觉得他已经刺痛了我们的眼睛。必要的话，这种精神上的现象可以拿来宽宥为什么我们多少总要走上诽谤别人的路上来。从社会的观点来说，窃笑他人的缺点是非常自然的现象，我们得宽恕喜欢笑人的人所说的讽刺的闲话，我们只好对诬谗感觉惊谔。但是这位老实的助理却没有世人所具有能够立刻看出避免邻人的粗态的眼光；所以，为着认识女房东的缺点起见，他得受自然界所给造物预备的教训：苦痛！那些不能够使自己的性格和自己的生命在别人的生命，别人的性格之前退让的老小姐们（女人的命运使其如此）大部分都有癖好，要使周围的人退让。在葛玛儿小姐身上，这种情绪就变成了专横，不过这专横只能够表现在琐小的事件上面罢了。所以，她总是一千次的把毕骆都的盛牌篮和筹码篮放在波斯顿牌桌的上面，要他坐在她给他安排的座位上，不许动弹；教士也就把它弄乱了，来强烈的逆忤她，每天晚上差不多都是这样的。这种对于微末琐事加以愚笨的感受到底是怎么来的呢？到底有什么目的呢？没有人说得出道理来，就连葛玛儿小姐自己也不知道。新房客虽然天性柔和，然而他却并不比深受牧者鞭笞的雌羊更为敬爱她，尤其是当她诉诸武力的时候。毕骆都没有懂得杜鲁伯尔的极度的容忍，他要避免葛玛儿小姐所谓给他特别调整的幸福，因为她以为他有福气，正如她的果子酱是有福气的一样；但是这不幸的人却很笨劣的钩在那里，因为他的性格是这样的。所以这分离并不是没有许多的纠纷和讥笑，虽然毕骆都教士用尽了心机，不让自己对这些纠纷和讥笑表露出敏觉的态度。在葛玛儿小姐屋顶下度过第一年的光阴之后，助理又恢复了他的老习惯了，他每星期到李斯杜麦夫人家去过两次夜会，沙罗曼小姐家去过三次夜会，布落提尔·麦尔冷小姐家去过其他的两次夜会。这些人物是杜尔和杜尔兰的贵族社会，这社会是葛玛儿小姐所不能插足的。所以，女房东就被毕骆都教士的摈弃而受到强烈的凌辱，教士使她觉得自己的毫无价值，一切的选择都包括有对落选者的轻蔑。

“毕骆都先生不喜欢我们啦，”当女房东不得不宣告停办夜会的时候，杜鲁伯尔教士对葛玛儿小姐的朋友们说，“他是个聪明的人，是个懂得趣味的人！他必须有上等社会，必须有奢华，必须有机智的谈话，必须有城市的诽谤。”

这些话往往叫葛玛儿小姐来解释她那以毕骆都为牺牲品的性格的高超。

“他还没有那么聪明哩，”她说，“没有沙普路教士的话，他一辈子也别想李斯杜麦夫人的接待。噢！沙普路教士的死真是我的大损失。他真是一位可爱，易于相处的好人！总之，十二年中，我跟他是一点儿困难，一点儿嫌厌也没有。”

葛玛儿小姐把毕骆都教士看做这样一个不愉快的偶像，这位天真的房客就在这中产社会中（这是贵族社会的秘密的敌人）变成了一个非常难于相处的人。然后，这位老小姐就有几星期的快乐来倾听女朋友们的埋怨，她们没有想到她们所说的任何一句话的意义，却不断的对她重复的说：“怎么，像您这样温和，这样好的一个人，您也会有不痛快的感觉吗？”或是：“别发愁啦，亲爱的葛玛儿小姐，您是谁都知道的，您……”等等。

但是，这些女朋友们都心中暗喜能够每星期避免到这远离杜尔中心的最荒凉，最阴黑的地点隐修院来过一次夜会。她们都感谢助理。

在不断见面的人们之间，怨恨和热爱总是一天大似一天的增强：任何时候，人家都找到更当互相敬爱或是更当互相怨恨的理由。所以，毕骆都教士就变成了葛玛儿小姐所不能忍受的了。寄宿十八个月之后，正当这位好好先生以为是在怨恨的沉寂之中得到相当的和平而自喜能够跟这位老小姐扎得好（这是他自己所说的话）的时候，他却正是她的无声的迫害，冷算的报复的对象了。紧闭院门，忘却拖鞋，没有生火，把烛盘端上他的房里，只有这四件重要的事故就能够给他提示这可怕的仇恨，不过这仇恨的最后结果是要等到无法补救的时刻才来打击他的。一边睡在床上，一边毫无结果的绞尽脑汁，这位助理很快的想到他的根底，解释葛玛儿小姐的特别无礼的举动。事实上，他以前曾经非常合乎逻辑的听从过他的自私的自然律，他绝不能够猜想出他对女房东所有的错误。如果大事情容易了解容易表达的话，生命中的琐事却需要精细的解释。构成这幕中产阶级的悲剧的楔子的那些事故（不过在这些事故之中，感情的动用是和大利害所激起的冲动一样的强烈的）需要一篇冗长的导言，一位准确的历史学家也不容易重新收缩他们的微末的发展。

第二天早晨醒来的时候，毕骆都教士十分用心的思索着他的僧会会员的地位，他甚至于不再想到昨天晚上所看到的四桩事，不幸的将来的凶兆了。助理不是一位不生火而能起床的人，他就按铃让玛丽安知道他已经醒来，叫她到他的房里来；然后他就依照习惯堕进了半睡半醒的妄想里，她的女仆平常也有习惯在他做这昏梦的时候用她那轻柔的问声和温微的动作一边生火一边使他做这最后的甜梦，这是使他愉快的一种音乐。半个钟头过去了，然而玛丽安并没有出现。已经半成僧会会员的助理又去重新按了一次铃；当他放松铃带的时候，他听见楼梯上有一位男人的脚步声。原来是杜鲁伯尔教士，他在毕骆都的邀请之下小心的叩了一阵门之后，就进来了。两位教士每月都相当规则的彼此拜访一次，所以杜鲁伯尔的来临并不惊动助理。僧会会员一进来就奇怪玛丽安还没有给他的准同事生火。他开了一扇窗，用粗暴的声音呼唤玛丽安，叫她到毕骆都房里来，然后就回头对他的师弟说：

“如果小姐知道您没有火的话，她一定要骂玛丽安。”

说了这句话之后，他就询问毕骆都教士的健康，又用温和的音调问他有没有听到使他有希望任命为僧会会员的最近的消息。助理给他解释自己的步骤，天真的告诉他李斯杜麦夫人向什么人物进行，他不知道杜鲁伯尔绝对不能宽恕这位贵妇不让他这位已经两次任命为代理主教的杜鲁伯尔到她家里去。

遇到和这位教士所表现的不同的面貌的一样的对比简直是不可能的事。杜鲁伯尔是高大而干燥的，他的脸孔是黄胆色的，助理是一般家里人所称的“胖子”的样子。毕骆都的脸孔是圆圆红红的，显出纯朴的没有思想的颜色，杜鲁伯尔那细长而有深刻凹纹的脸孔有时却感染出一种满充着戏谑或是轻蔑的表情：然而我们得用心的研究才能够在那里发现这两种情绪。这位僧会会员平常保守一种绝对的沉寂，他的眼睑差不多都是垂在两只橙黄色的眼睛之上，他的眼光可以自由显得晶亮而刺人的。赭色的头发完成了这个严肃的冥思投在面纹上的阴惨的灰暗的姿态。很多的人最初都会相信他是因为深远的野心而变成干枯的模样；但是那些自认为深知他的人都终于打破了这意见，说他是被葛玛儿小姐的专横所凝滞，被长期的素食所疲惫。他很少说话，几乎没有发笑过。当他遇到愉快的激动的时候，他居然能够发出一个轻弱的微笑，然而这微笑却就在他的脸部的皱纹中消失了。相反的，毕骆都却是非常外向的，非常坦白的，嗜食美味，以没有胆量没有恶意的男子的态度于琐事中寻求消遣。杜鲁伯尔教士一望令人生畏，毕骆都教士却使看见他的人发出一个温存的微笑。当富贵的僧会会员用威严的步伐，俯伏的额头，萧杀的眼睛穿过圣卡田的穹窿和教堂的中部的时候，他引起人们的尊敬；他那弓形的脸孔是和大教堂的黄色穹窿相调和的，他的黑袍的皱纹好像是纪念碑上的皱纹，真配称为塑像。但是老实的助理却在那里轻快的穿行、快步、慢步，都像是自己打滚一般。然而这两个人也还有一个相同的地方。毕骆都和杜鲁伯尔一样，也有野心的神色，使人家对他生畏，这也许就是使他不能够当简单的僧会会员的原因，毕骆都的性格和举止好像是永远要他发愿当大教堂的助理似的。然而已经五十高龄的杜鲁伯尔教士却用他那谨慎的行为，他那没有野心的外表，他那神圣的生活完全的消除了上司从他那可疑的才干和他那可怕的外观上所生的疑惧。一年以来，他的健康甚至于也严重的改变了，近期之内高升为代理主教似乎也很可能。就是他的竞争者也希望他的任命，因而能够于短期内依赖他的周期的病痛来预备他们的接任。毕骆都没有给人同样的希望，他的三重厚的颔部给那些跟他竞争僧会会员地位的人显露出一种旺盛的健康的征候，他的风痛病在他们看来也似乎是长寿的保证，正如格言中所说的一样。沙普路教士有远大的眼光，他的和蔼是上流社会和主教驻在地各领袖所称誉的，他也秘密而聪明的反对杜鲁伯尔教士的高升；他而且还巧妙的禁止他到杜尔上流社会的一切的沙龙去，虽然在他的一生，杜鲁伯尔总是不断的尊敬他，随时找机会给他表示他的最大的谦恭。这恒久的谦逊并不能够改变已故的僧会会员的意见，在他最后一次的散步中，他还对毕骆都说：

“您得留心这位无情的杜鲁伯尔，他是教会的西克斯物·甘。”

这就是葛玛儿小姐的朋友，她的同席者；就在她对可怜的毕骆都宣战的第二天，他就来拜访毕骆都，给他表示他的友谊。

“您得原谅玛丽安，”僧会会员看见她进来就这样的说。“我想她是先到我那里去的。我的寓所非常的潮湿，我夜里咳嗽了一夜。——您这里倒顶好，”他瞧着剜形装饰加上一句话。

“噢！我是用僧会会员的资格住这里的。”毕骆都微笑的回答说。

“我却是用助理的资格。”谦卑的教士的答辩。

“是的，但是您不久就要到主教的住宅去住去啦。”老实的教士说，他希望大家都是幸福的。

“噢！或且是到墓园里去。但愿实现上帝的旨意！”

杜鲁伯尔就用忍耐的动作仰起双眼，朝向天空。

“我来请求您借我主教的权利，”他加上一句话说，“在杜尔，只有您一个人有这部书。”

“到我书架上去取去罢，”毕骆都的回答，僧会会员的最后一句话使他回想起一生的一切的愉情。

伟大的僧会会员就在助理穿衣服的时候走到书房里去消磨时光。一会儿的工夫，吃早饭的铃声响了，以为没有杜鲁伯尔的光临就没有火，就起不了床的风痛病者就对自己说：

“真是一个好人！”

两位教士一同下楼，每一个人都带了一本折成两页的书，把他放在饭厅的一个壁炉上。

“这是什么东西呀？”葛玛儿小姐的尖锐的声音对毕骆都说。“我希望您不至于用您的旧书来壅塞我的饭厅。”

“这些是我所需要的书，”杜鲁伯尔教士说，“助理先生好意借给我的。”

“我就这么猜，”她说着，露出一个轻蔑的微笑。“毕骆都先生不常念这些大本书。”

“您好吗，小姐？”房客以委婉如笛的声音接着说。

“可不大好，”她干脆的回答，“您让我昨天晚上刚睡好就醒来，我整夜都受了影响。”

葛玛儿小姐一边坐下，一边加上一句话：

“诸位先生，牛奶快要凉了。”

当他等待女房东的认罪的时候，他却被她那尖锐的话锋弄得糊涂了，却和一般被人谈话的懦夫一样被一幕辩论的景象惊吓了，可怜的助理一声不响的坐了下来，然后，看出葛玛儿小姐的脸部露有明显的不悦的征候，他就和自己的理性格斗了一阵；理性命令他不必因为女房东的不理睬而觉到苦痛，他的性格也命令他避免争吵。在这内心的忧闷之下，毕骆都开始细密的研究葛玛儿小姐因为某种纪念仪式的应用而在吃饭时放在桌上的涂蜡的轻薄丝织物的绿色粗晕线，只是没有注意到用旧了的边缘和这褥单的无数的瘢疤。两位房客每一个人都坐在一张芦苇的靠椅里，面对面的坐在四方形大桌的两头，女房东就坐在桌子的中央，她高据在她那张有踏板的椅子上统治着，这张椅子铺有椅垫，靠在饭厅火炉的背面。这间房子和公共的客厅是在地面楼毕骆都的卧室和客厅的下面。当助理从葛玛儿小姐手中接到他的一杯甜咖啡的时候，他不禁在让他完成平日吃午饭时所有的快乐的动作的深刻的寂寞中觉得寒栗了。他不敢仰望杜鲁伯尔的干枯的脸孔，也不敢看视老小姐的逼人的颜色，他就煞有介事的转过脸来，瞧着躺在火炉旁边一块褥垫上面动也不动的肥大的巴狗，因为他的左边总有一盘糖果，右边总有一碗清水，用不着转动。

“哎，小东西，”他对狗说，“你等着你的咖啡罢。”

这条狗是家里最重要的一个角色，然而却不讨厌，因为他并不叫吠，并且允许他的女主人说话。听了这句话，他就对毕骆都仰起他那双消失在脂肪构成的脸具的皱纹底下的眼睛，然后又阴险的闭上。为着了解这位可怜的助理的苦痛起见，我们得说一说

两位房客，面对面的坐在四方形大桌的两头，女房东就坐在桌子的中央……

他这位赋有气球回响一般的空亮的多言癖的人，他认为说话可以帮助消化，虽然他从来没有对医生说过他的理由。和他有同样意见的葛玛儿小姐虽然有他们的误会，却没有忘记在吃饭的时候谈天。但是，好几天以来，这位助理却徒劳无功的用尽他的智慧给她发出许多问题，希望能够让她开口。如果这故事的篇幅能够允许叙述差不多总会激起杜鲁伯尔教士的苦涩的冷笑的谈话的话，这些谈话就可以描写出外省愚人的生活所完成的一幅图画。有的聪明人也许并不是不快乐的听着毕骆都教士和葛玛儿小姐对于政治、宗教、文学所发表的私人意见的奇异的论证。无疑的，这里有许多可笑的见解：例如他们两个人于一八二六年确切怀疑拿破仑的死亡的理由，例如他们相信藏在木洞里逃生的路易十七世的存在的揣测。听见他们用独自的理由解说法兰西的国王一个人独用一切的捐税，国会是为消灭教会而召集的，革命时代在断头台上丧命的有一百三十万人，谁不会发笑呢？然后，他们又谈到报纸，而不知道报纸的数目，一点儿也不认识这近代的器具到底是什么。总之，当葛玛儿小姐解说一个每早吃鸡蛋的人终必会死亡，而且她曾亲眼看过这事情，吃一块柔软的小面包而不喝酒几天就会养好坐骨病，一切参加拆毁圣马丁修道院的工人都在六个月之内死得干干净净，拿破仑时代有某个区行政长官曾想尽方法来拆毁圣卡田的塔楼，和其他成千的无稽的故事的时候，毕骆都先生总是用心的倾听着。

但是，这时刻，毕骆都却觉得舌头转动不得。所以，他就埋着头吃饭，不开谈。不久，他又觉得这寂寞对于他的胃脏有危险，就大胆的说：

“这真是好咖啡！”

这勇敢的举动完全失去效用。从花园上面分别圣卡田两个黑色半弓形支柱的小空隙中朝着苍天瞧了一眼之后，这位助理还有勇气说：

“今天天气一定要比昨天好……”

听了这句话，葛玛儿小姐就很自得的给杜鲁伯尔教士送去她那最温存的秋波，又转过她那最严厉的眼睛瞧着毕骆都，侥幸得很，毕骆都已经低下他的双眸了。

任何女性都不能够比葛玛儿·苏菲小姐更会表现老小姐的悲壮的本性；但是，为着描写一位对于这幕悲剧和剧中演员的前期生活有极大关系的人物起见，也许我们得将表现在老小姐身上的意见概括起来：日常的生活造成灵魂，灵魂又造成姿态。如果在社会之中正如在人世之中一样，一切都得有终极的话，在这世上一定有许多存在，他们的目的和用途是难以解释的。道德学和政治经济学都一样的排斥只顾消费而不生产，在地上占一地位而对周围无善无怒的个人；因为恶无疑的就是一种没有直接结果的善。不把自己列在这不生产的一群之中的老小姐们是很少的。如果工作的意识可以给工人一个支持生命的满足的情绪的话，确信自己的负累甚至于自己的无用应当可以产生一个相反的结果，给懒怠的人物感染旁人所激起的轻蔑。这苛虐的社会的制裁是给老小姐们的灵魂在无意中灌进了他们的外貌所表现的悲哀的一个原因。多少有点真实性的偏见到处都是不断的给人们所不敢分享或是担负生命的善恶的女人投去一个极大的厌恶。特别是在法兰西，小姐们总有一个年龄让社会不论是非的用牺牲她们的轻蔑来判罪。如果她们丑陋的话，性格的优美应当可以赎回自然的缺陷；如果她们美貌的话，她们的不幸一定会在严重的因素之上建立起来。我们不知道到底这两者之中谁是最废物的。如果她们的独身主义是理性思考的结果，如果这是独立的愿望的话，不论是男人也好，是她们的母亲也好，大家都不能够宽恕她们之违背女人的责任，而拒绝接受使她们变成这样动人的情感：解除她们的苦痛，这是把这苦痛所含的诗意放弃了，而且不再值得人家的温柔的安慰，一个母亲有特权来施行的安慰。再说，温存的情绪，女人的甘美的性格，这些东西都只能够在不断的练习之中发展；不结婚的话，一位女性只是一个没有意义的存在；她是自私的，冷酷的，可怕的。这断案不幸是太准确的，老小姐们不至于不知道她们的动机。这些观念之萌芽于她们的心中，正如她们的悲惨的生活痕迹之产生于她们的脸纹之中一样，都是自然的。于是，她们就枯萎了，因为常定的肥胖或使女人们开颜，使她们动作柔媚的幸福并不存在于这些女人的身中。然后，她们就变成涩硬而忧愁的了，因为没有尽过自然责任的物类是不幸的；这种物类要苦痛，而苦痛也就产生了凶恶的言行。事实上，在使自己担负孤独的责任之前，一位女人要长时期的责难人世。从责难到仇恨，其中所隔的只有一步。总之，人格上的缺点仍然是生活的必然的结果。她们从来没有意识到有取悦别人的需要，她们永远不认识到有所谓风采和兴味。她们只于自身之中看到自己。这情绪不知不觉的使她们去选择只于她们有利的事物，去损害那些有益于他人的东西。最初没有认识自己和其他女人们的不同，她们终于看到了这一点，而感到苦痛。嫉妒是女人所有的一个不可磨灭的情绪。所以，老小姐们是无谓而嫉妒的，她们只认识男子们因为女人的献媚而宽恕女人的唯一情感的不幸。于是，终日受困于她们的愿望，被迫而拒绝发展她们的本性，这些老小姐们总觉得内心有一种不能习惯的纠缠。当女人的命运只是要唤醒周围的人对她表示温存的时候，一位女人无论在什么年龄都只在他人的脸孔上看到拒绝的颜色，这不是一种难堪吗？所以，一位老小姐的视线总是偏斜的，这不是完全因为谦逊，大半是因为恐惧和耻辱。这些人类并不宽恕社会给她们产生错误的地位，因为她们并不宽恕自己给自己所产生的地位。一个永远和她争吵或是生活矛盾的人绝不能够让别人安闲，不妒羡别人的幸福。这些悲惨的观念整个的存在于葛玛儿小姐那双灰黑的无光的眼睛里，漆黑而宽大的眼眶也表现出她那孤单的生活的长期的争斗。她脸上的一切皱纹都是直线形的。额角，头部和双颊的骨骼都有一种生硬干枯的性质。她就毫无疑虑的让几根灰色毛长在颔部的几块小痣上。她那瘦薄的嘴唇好容易才盖住了她那未免太长的白齿。她那最初黑色后来变成棕色的头发却被可怕的半爿头痛催成白色的了。这情形使她不得不戴上一只假发，但是，因为她不知道如何隐蔽假发，在她的帽子和支持这梳得不大精巧的假发的黑线之间总有许多的孔隙。她的袍子夏天是轻丝的，冬天是毛布的，然而总是淡黄的颜色，这袍子未免太紧的缩住她那粗陋的腰部和那瘦小的手臂。她的小颈圈总是压平的，让人家看见她那悲惨得和灯光之下的橡叶一般的红色皮肤的颈项。她的身世可以相当的解释她的形体结构的不幸。她是一位由农民而暴发的木商的女儿。十八岁的时候，她居然能够有新鲜的肥胖的外表，但是，她却没有遗留下任何她所自吹的皮肤的白皙或是好看的颜色的痕迹。她的肌肉的色调感染有女信徒们所常有的月白的色彩。

她的鹰嘴鼻正是她那最能表现专横思想的脸模的一部分，正如她那扁平的额头之表达她的精神的狭小一样。她的动作都是奇怪而突然的，没有任何温雅的痕迹；只要看见她从手袋里拉出手绢大声的揩鼻涕，您就可以想象出她的性格和她的习尚了。她的身躯相当的高，她站得非常的笔直，一位要用物理学的观点来解说老小姐的步伐而认为她的骨节是焊接在一起的博物学家可以拿她来做证据。走起路来，她就产生了女人们所有的这样温雅而动人的波状，她的动作和她的性格并不调和。我们可以说她是整块的走路，每一步都是显明的，正如骑士的塑像一般。当她快乐的时候，正如一切的老小姐一样，她就让人家听她说：她是能够结婚的，可是她在正当的时刻发现了情人的不忠实，就这样的无意中心里赞同这种富有计算的精神。

这老小姐的典型图像是由饭厅墙上所贴而画有土耳其风景的涂漆纸来加框的。葛玛儿小姐平常就安居在这间装饰有两个壁架和一只晴雨表的房子里。每个教士所坐的位上都有一个颜色过时的绣花的垫子。接待客人的公共客厅和她是很相衬的。只要看到这客厅名叫黄色沙龙就可以懂得这句话了：布单是黄色的，家具和帘幕是黄色的；壁炉上面有一面镶有金色框的镜子，烛台和水晶时辰钟给眼睛射来一道粗硬的光辉。至于葛玛儿小姐所在的寓所呢，谁也不许进去。我们只能够想象它是满充着破布、破家具、破衣服的，因为这些东西是包围一切老小姐，是一切老小姐所保守的。

这就是命中注定来给毕骆都教士的晚年发施威力的人物。

没有依照自然的愿望来应用女人所有的活动，然而却有消耗这活动的必要，这位老小姐就把这活动转移到微小的阴谋，外省人的饶舌和老小姐们所特别关切的自私的计策中。为着他的不幸，毕骆都曾在葛玛儿·苏菲身中发展了这位可怜的女性所能发作的怨恨的情绪。外省生活的范围在她看来还是狭窄的，因为了这外省生活的平静和单调，这怨恨的情绪一向都只是潜存的，然而现在却得发展到这些情绪在小事物小范围之中所要施展的同样的强烈的程度了。有些人是命中预先注定来承受一切的苦痛的，因为他们不知道观察任何的事物，他们不能够避免任何的事故，一切的东西都会到达他们的身上。毕骆都就是这一种人。

“是的，天气一定好，”僧会会员一会儿之后才回答说，他似乎是从梦中醒来而要练习礼仪似的。

毕骆都大为惊讶这一问一答之间的时间的冗长，因为平生第一次他喝着咖啡而不发一语。他的心好像是紧缩在一个压榨器之中似的，他就离开了饭厅。他觉得这杯咖啡压在他的胃口上，就到园里那些两旁种植黄杨树而布成星形的小径上去散步。但是绕了第一圈而回头看的时候，他却看见葛玛儿小姐和杜鲁伯尔教士沉静的站在门限上，杜鲁伯尔叉着手，一动也不动的，好像是一尊墓园中的塑像似的；葛玛儿小姐靠在百叶门上。两个人都瞧着他，好像在计算他的步数似的。在一位天生懦怯的人方面，任何事物都比不上当人家的好奇观察的对象来得束缚；但是，如果这个对象是在仇恨的眼睛之下成立的话，这对象所激动的苦痛却会引出一个不可容忍的殉难。一会儿，毕骆都教士以为是自己妨碍了葛玛儿小姐和僧会会员的散步。这观念是由恐惧和善意所产生的，渐渐的强大起来，使他不得不放弃了他的地位。他走了，已经不再想到僧会会员的位置了，因为他的脑袋完全被老小姐的失望的暴虐吸收殆尽了。侥幸得很，偶尔间他在圣卡田找到许多的事情，好几场的下葬礼，一场结婚礼和两场洗礼。他居然能够因此而忘却了他的悲哀。当他的胃口告诉他吃饭的时刻到来的时候，他并不是毫无惊惧的取出他的表，看见时间是四点零几分。他认识葛玛儿小姐的见机发作，就赶快回到家里来。

他在厨房里看见第一盘已经撤回了。当他来到饭厅的时候，老小姐就用一面染有斥责一面带有喜悦房客迟到的声调对他说：

“已经四点半了毕骆都先生您知道我们不能再等了。”

助理瞧了瞧饭厅的挂钟，而安放绸制避尘钟套的状态也给他证明他的女房东早上曾经按照圣卡田的大钟拨快了钟点，再给他把这钟套盖上。没有任何可说的话。助理的怀疑所发出的口头的表达产生了葛玛儿小姐懂得在同样的情形之下所喷出的最可怕的最有理由的流利的话语，正如一切和她同类的女性一样。一位女仆能够让她的主人忍受或是一位妻子能够在私人习惯之中让丈夫忍受的成千的逆忤都是葛玛儿小姐所猜想到的，她要用这些逆忤的言行来堆埋她的房客。她很得意用来破坏可怜的教士的家中乐趣的方法是带有最深刻、最技巧的天才的。她布置得好像自己没有任何的错处似的。

这故事开始之后的一星期，这房子的居留情况和毕葛两人的关系都给他泄露出六个月以来所有的阴谋。一直让老小姐暗地里对他加以报复，一直让自己自动的坠入错误的陷坑里，不相信他的恶意，助理心中总不大觉得气馁。但是，自从搬上烛盘，往前拨钟点的事情发生之后，毕骆都再也不能够怀疑他是生活在终日眼朝着他的一个仇恨的国度之中了。从此之后，他就很快的走上失望之路，因为他随时都看见葛玛儿小姐那钩曲的细长的指头便着要插进他的心坎。生活在仇恨这样丰富的一种情绪之中，老小姐是幸福的，她喜欢对助理加以刨压，正如一只鸷鸟在吞食一只田鼠之前加以刨压一般。她久已设下一个计策，是迟钝的教士所想不到的，她并不迟疑来发挥这谋略，来表现那些灵魂孤单不能感觉真正怜悯之心而致力于小事情的人们所懂得发展的才能。这是最后而可怕的苦痛的严重化！毕骆都是个大方之家，他喜欢让人埋怨，让人安慰，他的悲愁的本性禁止他对朋友们叙述这事故去得到微末的温慰。因为怯懦而缺少机智，因此他就怕人家笑话他关心这些幼稚的小事。然而这些幼稚的小事却是他的整个的存在，满充着空虚的忙碌和忙碌的空虚的可爱的存在；这是暗淡而灰色的生活，在这生活之中，太乎强烈的情绪是不幸，一切情感的消灭是喜事。可怜的教士的天堂就这样的变成他的地狱了。最后，他的苦痛变成不能忍受的。想到给葛玛儿小姐解释的景况所给他产生的恐怖一天大似一天的增强，而使他衰老的秘密的不幸也使他的健康恶化。一天早上，当他穿丝袜的时候，他发现腿肚的圆周短了八分。看了这不可救药的残忍的诊断书，他不禁愣住了，就决定去看杜鲁伯尔教士，请他正式干涉葛玛儿小姐和他的事情。

僧会会员为着在一间空房里延见他起见，立刻离开了任何人都不能进去的那间终日工作满堆纸张的书房。在这位强力的僧会会员面前，助理几乎觉得对一位这样忙于正常工作的男子谈到葛玛儿小姐的恶作剧未免是可耻的事。但是，在一些谦逊，犹豫或脆弱的人甚至于为不关重要的小事而生的内心判断的忧虑的催促之下，他就决定对杜鲁伯尔教士解说他的地位，虽然他并不是没有觉得心脏因为非正常的脉搏而肿胀。僧会会员严肃的冷静的听着，他徒劳无功的想法抑制他的微笑，这些微笑在一些聪明的眼睛里也许会表露出亲切的满意的情感。当毕骆都用某种真情的流露对他描写自身所尝的苦味的时候，杜鲁伯尔的眉宇间似乎有一道火焰冒出；但是杜鲁伯尔却用思想家的姿态伸手盖住他的眼上，保守着平常所有的尊严的态度。助理说完话，他觉得很为难，不知道到底是不是要在杜鲁伯尔这个比平常黄胆色还要发黄的脸孔上找出一些应当在这神秘的教士身上激起的情绪的痕迹。一会儿之后，僧会会员就给他一个需要长时期的研究才能测其高深，给深思的人证明他的用心的深远和聪明的力量的回答。总之，他把毕骆都吓到了，他说这些事情使他太为惊异，除非师弟的忏悔他是不会知道的；他说他的愚钝是严肃的职务，他的工作不许他细察日常生活的深高思想的暴虐所生的结果。他并没有装做要检查一位年纪学识都值得他敬重的人的行为的样子，然而却叫他注意“往昔的孤单的人们很少在他们所从事于神圣的默思的遁避所的深处想到他们的饮食，他们的住处，”“现在的教士可以在思想上到处找到一个遁避所。”然后回到毕骆都身上，他就加上说这些辩论都是他的新闻。“十二年中，同样的事故就从来没有发生在葛玛儿小姐和可敬的沙普路教士之间。”至于他呢，他说，他无疑的能够当助理和女房东的中人，因为他对她的友谊并没有超过教会规律给忠实的仆人所限定的范围；但是公理要他听取葛玛儿小姐的理由。并且，他没有发现她有什么改变，他看见她总是这个样子的；他自愿听从一部分她的偏私的举动，因为他知道这位可敬的小姐简直就是至善，就是温和；他认为她的气质的变迁是她没有说到的肺病所生的苦痛的结果。她而且是以真正基督徒的资格来忍受这种病的……他最后又对助理说只要他再留在小姐身边几年他就能够更加了解她，能够认识这超等性格的好处。

毕骆都教士不知所措的出来。他觉得只有请教自己，他就用自己之心度葛玛儿小姐之腹。这位老实人以为离家几天就可以熄灭这位小姐对他所有的仇恨，因为这仇恨已经没有对象了。所以，他就决定和从前一样到乡下去住几天。李斯杜麦夫人在杜尔兰的清和时节，秋末，到这乡下来。可怜的人！他刚刚好完成了可怕的仇人的秘密的愿望，这仇人的计划只能够用僧侣的忍耐来克服。但是他一点儿也猜测不出，一点儿也不知道自己的事情，他应当得和绵羊一样死在屠夫的第一刀之下。

李斯杜麦夫人的房产坐落在杜尔城和圣乔治高地之间的堤岸上，这房子是向南的，周围都是石岩，显露出乡间的舒适和城市的一切华丽。事实上，自杜尔桥走到这名叫百灵鸟别墅的房屋只要十分钟的时间；在一个谁也不愿意麻烦，甚至于不愿意麻烦去追求快乐的国度里，这确是一种方便。毕骆都教士在百灵鸟别墅里住了差不多十天，一天早晨正在吃早点的时候，门房来告诉他卡朗先生要跟他谈话。卡朗先生是葛玛儿小姐的嘱托律师。没有想到也没有知道和世界上任何人有所争执的毕骆都非常忧虑的离开桌子去找律师去：他发现律师很谦逊的坐在一只土台的栏杆上。

“您不想再住在葛玛儿小姐家里，这意思已经是很明显的了……”葛玛儿小姐的代表说。

“呃！先生，”毕骆都教士嚷着打断他的话说，“我从来没有想离开她的家。”

“然而，先生，”律师接着说，“您得跟葛玛儿小姐解释这桩事，因为她最终派我来问问您到底是不是长期住在乡下，长期离开房屋并不是你们的契约中所预先提到的，这可以引起纠纷来。葛玛儿小姐认为您的寄宿……”

“先生，”毕骆都惊讶而再打断律师的话说，“我不相信得用什么法律的手续来……”

“葛玛儿小姐要预先看到一切的困难，”卡朗说，“她派我来问问您的意向。”

“好罢，如果您明天还要费心来一趟的话，”毕骆都教士又接着说，“我这一方面可以有个商议。”

“好罢。”卡朗说着，给他行个礼。

这位“吃状纸”的人物就这样的退去了。惊异葛玛儿小姐这样坚定穷追他的助理也就带着一副失色的脸孔回到李斯杜麦夫人的饭厅来了。看见他这副脸孔，大家都问他：

“您怎么啦，毕骆都先生?”

苦闷的教士坐了下来，不加回答，因为他太受隐约的不幸意象的打击了。但是，当好几位朋友吃完早点到客厅炉前聚会的时候，毕骆都却天真的告诉他们自己所有的经过。开始忧愁在乡间居住的听众们对于这个阴谋非常感兴趣，这阴谋和外省的生活非常的配合。大家就决定赞同教士反对老小姐。

“怎么，”李斯杜麦夫人说，“您还没有看出杜鲁伯尔教士要您的寓所吗?”

这里，历史家是有权利来描写这位贵妇的；但是他曾经想过那些自己还不知道斯登因的“共知论”的系统的人绝不能够说出“李斯杜麦夫人”这几个字而不把她画成一个高尚，尊贵，用旧时的贵族和古典派的雅致的风俗，用多礼的仪度来折衷严格的虔诚的图像；她是善良的，但是却略为刚强；说话略带鼻音；敢于念读喜剧新的黑罗伊斯，还梳着头发。

“毕骆都教士不能够在这健讼的老小姐面前退让！”回到伯母家中过假期的海军大尉李斯杜麦先生嚷着说。“如果助理有点心思，肯听从我的意见的话，他不久就可以平安无事。”

最终，每个人都用外省人所特有的智慧来分析葛玛儿小姐的行动，我们不能够否认这些外省人是有才干来把人类行为的最秘密的动机赤裸裸的暴露出来的。

“您不知道，”一个熟识本地的老地主说。“这里头有些我还没有想出的严重的问题。杜鲁伯尔教士是一位太深刻的人，我们还不能够立刻猜测他的高深。亲爱的毕骆都的苦痛不过只是开端而已。先说，就是放弃了寓所，他能幸福，平安吗？我很怀疑。——如果，”他转过来对大吃一惊的教士加上一句说，“卡朗来告诉您说您有意离开葛玛儿小姐的房子，无疑的葛玛儿小姐是有意撵您走的……好啦，高兴也好，不高兴也好，您都得走。这种人从来不会鲁莽，他们都是看准才打击的。”

这位老绅士名叫布尔波恩先生，他和福尔泰尔归纳当时的时代精神一样完全的归纳外省人的意念。这位干瘦的老人好像穿一件衣服一样的不关痛痒的用一位在政府里登记有地产的地主的姿态解说着。他那副被杜尔兰的太阳晒成茶褐色的身姿是精细的，而不是那样聪明的。他惯于衡量他的话语，统制他的举动，他在假装的简陋之下隐藏着他的深远的谨慎。所以，最轻浮的观察就够得使人认识他是和一位诺曼地的农民一样，在一切的事物之中都会得到便宜的。他非常精于酿酒术，杜尔——杜尔兰人所宠爱的学科。他知道侵占罗瓦尔河的积滩而扩张他的地界，然而却能够避免和国家有任何法律上的纠纷。这个好把戏使他变成了一位有才干的人。如果您受了布尔波恩先生的谈吐的迷惑而问某一个杜尔兰或是杜尔人关于他的身世的话，一切嫉妒他的人（这数目而且是不少的）都要给您一个几乎成为格言的回答：“噢！他是一个老滑头！”正如在多数的省份之中一样，在杜尔兰，嫉妒就是语言的背景。

布尔波恩先生的话产生了暂时的寂寞，这会议中的人员好像都在思索似的。正在此时，人家报告维莲诺瓦·沙罗曼小姐的来临。帮助毕骆都的意欲把她从杜尔领到这里来，她所带来的消息也给事态整个的改变了一个面目。正当她到来的时刻，除了这位老地主以外，一切的人都劝毕骆都应当在保护他的贵族社会的援助之下反抗杜鲁伯尔和葛玛儿。

“管理人事调动的代理主教刚刚病了，”沙罗曼小姐说，“主教委托杜鲁伯尔教士代替他。现在，僧会会员的任命完全是操在他的手中。昨天，在布落提尔小姐家里，波瓦勒尔教士给葛玛儿小姐所生的不痛快，好像要给将要打击我们的好教士的失宠辩护似的。他说：‘毕骆都教士是沙普路教士非常需要的一个人，自从这位德高望重的僧会会员死去之后，他已经证明了……’许多的揣测，许多的诽谤就继续的说出。你们懂得吗？”

“杜鲁伯尔要当代理主教，”布尔波恩先生严肃的说。

“咱们瞧！”李斯杜麦夫人一边嚷着，一边瞧着毕骆都，“您要什么：当僧会会员呢，还是住在葛玛儿小姐家里？”

“当僧会会员！”众口一声的叫。

“那末，”李斯杜麦夫人接着说，“您得让杜鲁伯尔教士和葛玛儿小姐胜诉。他们不是在卡朗的拜访之中间接使您知道如果您同意离开他们的话，您就可以当僧会会员吗？一报还一报！”

每一个人都欢呼李斯杜麦夫人的精细和敏锐，除了她的侄儿李斯杜麦男爵用滑稽的口吻对布尔波恩先生说：

“我宁愿葛玛儿和毕骆都的交斗。”

但是在可怜的助理看来，社会人士和杜鲁伯尔教士所支持的老小姐两者之间的势力并不是平等的。争斗变成更露骨化，强大化，激烈化的时刻不久就到来了。在李斯杜麦夫人和大部分开始愤慨外省生活所发生的这个阴谋的朋友们的主张之下，大家就遣了一位仆从去见卡朗先生，葛玛儿小姐的代表非常敏捷的回来，他只惊吓了布尔波恩先生。

“更详细的考虑之前，我们暂时不必立下任何的规定，”这是穿着室内便服的霸王的意见，他的沉思揭破了杜尔式的谋士的深刻的阴计。

他要给毕骆都说明毕骆都的地位的危险。老滑头的智慧不能够曲徇当时的人意，他只得到对方的轻微的注意。律师和毕骆都之间的谈判为时甚暂。助理惊惶失措的回来，一边说：

“他要我写一封证明书说明我的退隐。”

“这句可怕的话到底是什么意思呢？”海军大尉说。

“这怎么讲啊？”李斯杜麦夫人嚷着说。

“这意思很简单，就是说教士得宣告要离开葛玛儿小姐的房子。”布尔波恩先生一边回答，一边撮了一撮烟。

“可不是吗？您就签字罢！”李斯杜麦夫人瞧着毕骆都说，“如果您郑重的决定离开她的房子，您就没有什么不方便来说明您的意向了。”

毕骆都的意向！

“对了，”布尔波恩先生一边说着，一边用一种难以形容的干脆的姿态盖上他的烟匣，因为这姿态是整个的语言。“——但是，用笔签写总是危险的，”他又加上一句话，一边说，一边用一种足以惊吓助理的神气把他的烟匣放在壁炉台上。

毕骆都因为自己的一切思想的转换，因为使他惊愕而无从防范的事变的速度，因为朋友们对于他的孤独生活中最严重的事件的轻快的对付而觉得非常茫然不知所措，甚至于使他呆立不动，好像是迷失在月色之下，他毫无所思，唯有倾听而设法了解大家所慷慨发出的轻快的话语。他取了卡朗的文件而阅读之，好像律师的记载就是他的注意的对象似的；然而这动作却是机械的。然后他就在这文件上签了字，承认自动的放弃居留在葛玛儿小姐家中的权利和他们之间所订立的膳食的合同。当助理签完名字的时候，卡朗先生就取回文据而问助理他的女主顾应当把助理所有的物品安放在什么地方。毕骆都指明放在李斯杜麦夫人家中。这位贵妇点头示意，同意招待教士几天，她相信他不久就会被命为僧会会员。老地主要看这张解除合同的文件，卡朗先生就给他递了过去。

“那末，”他看了之后就对助理说，“在您和葛玛儿小姐之中一定有画面的合同吗？这合同在那儿？是些什么条款？”

“合同在我家里，”毕骆都回答说。

“您知道合同的原文吗？”地主问律师。

“啊！”老地主对自己说，“你，律师先生，你一定知道这合同的内容；但是你不是得了钱来告诉我们的。”

这位可以说是被迫移植的可怜人的失望似乎是很天真的；这很能够描写他的习气，他对于世事的无知，使李斯杜麦夫人和沙罗曼小姐不得不用母亲给小孩子玩具时所有的腔调来安慰他，对他说：

“您不是要为这些傻事而发愁吗？但是我们总能够替您找一所比葛玛儿小姐的房子还要暖和还要明亮的房子。如果没有合您意的房子的话，好，我们之中的一个总可以让您在家里寄宿。好罢，咱们玩骰子去罢。明天，您可以瞧杜鲁伯尔教士去，请他支持您，您可以看出他要如何殷勤的接待您！”

柔弱的人们是和被人恫吓一样容易的自求安慰的。所以，眼看得可以住在李斯杜麦夫人家里而觉得迷惑的可怜的毕骆都就忘记了他那久所愿望，深所享受而一去不回的幸福的毁灭。但是，晚上入睡之前，在一个不堪迁居和新习惯的忙乱的人所有的苦恼之下，他就绞尽脑汁去索求到底可以在什么地方重新找到一块和他的回廊一样适宜于安置书房的地方。眼看到自己的书籍的紊乱，家具的散漫，他反复的自问为什么第一年在葛玛儿小姐家中的生活是那样的温存而第二年却又这样的残酷。他的思路总是一个无底的深井，他的理性总是堕落在其中。僧会会员的地位在他看来已经不是这许多苦痛的充足的补偿了，他用脱了一网结就使整个纬丝破坏的袜子来比拟自己的生命。沙罗曼小姐还是留给他的。但是这位可怜的教士已经不敢再相信青春的友谊，因为他已经失去了他的老幻想了。

在老小姐的愁城里，特别是在法兰西，往往有一些人，她们的生活是每天的因为高贵的情绪而慷慨的牺牲的。有的骄傲的为一颗心灵而操守，她们对于死太容易感奋了：她们是爱情的殉节者，她们找到秘密来当精神上的妇女。还有的从事于日渐衰落的家庭的光荣，为一位弟兄或是孤哀的侄甥的幸运而献身；这些妇女虽然是处女，其实是尽了做母亲的女人的责任了。这些老小姐是于贡献女性的情绪，实行困苦的生活而实现了女性的最高的英雄主义。她们放弃了她们的命运所应得的赏赐而只获到苦痛，她们是把妇女的面目理想化了。她们生活在她们的忠诚献身的光辉之中，而男人们也就在她们的萎靡的脸纹之前鞠躬致敬。桑布丽伊小姐既没有当过妇人，也没有当过少女；她曾经而且将要永远是一首活的诗章。沙罗曼小姐就是属于这一类英勇的人物的一个。她的忠诚献身在宗教上是最高无上的，因为这种献身得不到光荣，虽然每日都是在苦难之中。年青而美丽的时候，她曾经被人爱过，她曾经爱过别人；她的未婚夫失去了理性。五年之中，她用爱情的勇气献身于这位不幸的人的机械的幸福，因为她曾经这样的偏袒过他的疯狂，一点儿也不相信他是真正的发疯。这而且是一位简单素朴言语坦白的男子，他那苍白的脸孔并没有缺乏姿态，虽然他的脸纹是均匀的。沙罗曼小姐从来没有谈到他的生活上的事态。只是有的时候，当她听见叙述一段可怕而悲惨的故事的时候，她所发出的突然的战栗就在她身上表现了极度的苦痛所产生的美德。她在失去了生活的伴侣之后才到杜尔来居住，她不能够在那里让人欣赏她的真正的价值而变成了一位所谓的好人，他做了许多好事而以兴味所在特别和弱者亲近。可怜的助理也就是在这个衔头之下自然而然的引起了她的深刻的兴趣。

维莲诺瓦小姐清早之后就到城内来，带了毕骆都来，把他放在大教堂的停车场上，让他自己步行到隐修院去，因为教士极欲到达此处，至少可以来挽救他的僧会会员的任命，来巡视自己的家具，免得被人抢去。他并不是没有带着剧烈的心悸来叩这所房子的门，十四年来他已经养成了来到这所房子的习惯，这所房子而且是他曾经居住过的，现在却得永远的离开，虽然他曾经梦幻过要学他的朋友沙普路安静的老死在这里。玛丽安看见助理，显得惊愕的神气。他就告诉女仆他是来跟杜鲁伯尔教士谈话的，而自动的走向僧会会员所住的地面楼；然而玛丽安却嚷着对他说：

“杜鲁伯尔教士已经不在这里了，助理先生，他在您的旧居上面住了。”

这些话给助理一个可怕的打击，助理终于认识了杜鲁伯尔的性格，认识了暗中逐步计算的报仇的深度，因为他发现杜鲁伯尔占据了沙普路的书房，坐在沙普路的美丽的高特式靠椅之中，无疑的睡在沙普路的床上，享用着沙普路的家具，居住在沙普路的心中，扯破了沙普路的遗嘱，推翻了沙普路的朋友所应得的遗赠，这位曾经长时间把他关在葛玛儿小姐家中，禁止他有任何的进展而给他摈在一切杜尔的沙龙门外的沙普路。这种变化所产生的是那一种巫术的棒喝呢？这一切的东西就不再属于毕骆都了吗？的确，眼看着杜鲁伯尔欣赏这个书房的尊严的神气，可怜的毕骆都就认定未来的代理主教一定是要永远占据他所深恨的仇人沙普路和毕骆都的物品，因为在毕骆都身中还可以找出沙普路的成分。就在这一瞥眼，这位老实人的心中就浮出了成千的念头，而使他昏迷。他呆立不动，似乎被杜鲁伯尔的眼光幻惑了，杜鲁伯尔盯住眼注视他。

"先生，我没有想到您要拿走我所有的东西，"毕骆都终于开口说。"葛玛儿小姐等不得要给您好地方住，但是她应当让我有充分的时间来认认我的书籍，取出我的家具，显得相当的公平。"

"先生，"杜鲁伯尔教士冷冷的说，他的脸上没有现在任何情感的痕迹，"葛玛儿小姐昨天告诉我您搬家，我还不知道到底是什么缘故。她所以把我安置在这里，这是因为事实上的必要。波瓦勒尔教士住了我的寓所。我不知道这寓所里的器物是不是属于小姐的；但是如果是属于您的话，您知道她的信用；她的生活的洁净可以保证她的清廉。至于我呢，您不会不知道我的习惯的简朴。十五年来我就睡在一间房子里而没有注意到它的潮湿，这潮湿实在是慢慢的杀害了我。不过，如果您要重新居住这寓所的话，我一定很愿意让给您。"

听了这些可怕的话语之后，毕骆都忘记了僧会会员的事情，而用年青人的快步下了楼，去寻找葛玛儿小姐，在楼梯的脚下，那个连接两部住宅的铺石片的宽梯头上遇见了她。

"小姐，"他说着，一边对她行礼，既没有注意到挂在她嘴唇上的冷讥的微笑，也没有注意到射进眼中的特别光亮的虎威，"我并不解释您是怎么样的没有等我来取出我的家具，因为……"

"什么！"她问他，"您所有的东西不是都搬到李斯杜麦夫人家里去了吗?”

“但是我的家具呢?”

“您难道没有念过您的合同吗?”老小姐说。她的腔调应当可以和乐谱一样的描写出来，使人懂得怨恨是如何的能够在每一个语词的音阶之中放下许多的音彩。

葛玛儿小姐而且显得伟大了起来，她的双眼仍在发亮，笑逐颜开，整个人都快乐得发起抖来。杜鲁伯尔教士开了一扇窗户，因而能够高声朗读一本折成四面的书。毕骆都还是受了电击似的愣住。葛玛儿小姐用打鼓一般响亮的声音朝着他的耳朵吹号，说了下面的一段话：

“不是约好如果离开我家的话，您的家具就是属于我的，用来补偿您的宿膳费和可敬的沙普路的宿膳费之间的差异吗？而且，波瓦勒尔教士已经被选为僧会会员……”

听了这些话，毕骆都就柔弱的鞠了躬，好像要跟老小姐告辞似的；然后他就急促的出去。再留一些时候，他怕会发昏，因而让他那难于和解的仇人得到极大的胜利。好像一个醉汉一般的走着，他到达了李斯杜麦夫人的家，而在一间低房里找到了他的被单，衣服和纸张，装在一只箱子里。看到了他那残留的家产，这位不幸的教士就坐了下来，双手遮住脸孔，让人看不见他的哭泣。波瓦勒尔教士当了僧会会员！然而他，毕骆都，他却没有栖身之所，没有幸运，没有家具！幸亏沙罗曼小姐坐车来。懂得这位可怜人的悲哀的门房给车夫送去了一个暗号。然而，在老小姐和门房的几句交谈之后，这位助理就半死的让人引到他的忠实的女朋友身边来，他只能够对沙罗曼小姐说些有头无尾的话。沙罗曼小姐极为忧虑这位脑袋已经这样脆弱的人的一时的错乱，就立刻带他到百灵鸟别墅去，认为这精神错乱的开始是波瓦勒尔教士的任命所生的结果。他不知道教士和葛玛儿小姐之间所立的契约，

“您难道没有念过您的合同吗?”葛玛儿小姐对毕骆都说。

最大的理由就是连毕骆都自己都还不知道这契约的内容。而且因为教士是在滑稽的人有时和最动人的事物渗在一起所有的情况之下，他那奇异的答语几乎使沙罗曼小姐发笑。

“沙普路有道理，”他说，“这是个怪物!”

“谁?”沙罗曼小姐问。

“沙普路。他拿走了我的一切!”

“那末，是波瓦勒尔了?”

“不，是杜鲁伯尔。”

他们最终到达了百灵鸟别墅，教士的朋友们都在那里非常殷勤的看顾他，那天晚上，居然能够使他安静，能够让他叙述当天早晨所发生的事情。

冷静的地主自然而然的要求察视这契约，因为自从前一夜以来，他总觉得这契约包含有模棱不清的话。毕骆都从口袋里拉出了贴有印花的不幸的纸张，呈给布尔波恩先生，这后者很快的读着，不久就看到了下面这一条款：

“葛玛儿·苏菲于上开条件之下同意留居毕骆都·佛兰苏而仅于寄宿人处取到比较已故沙普路先生所付之宿膳费每年减少八百佛郎之费用，签约人毕骆都·佛兰苏充分感谢葛玛儿小姐准其于数年内不必交付其他寄宿人，尤其杜鲁伯尔教士所付之价格，根据签约人葛玛儿·苏菲所有之优越待遇，毕骆都应将其所有家具于临终时交出，作为补偿，无论因何事故，在何时期，毕骆都如欲自动迁移，不愿再行享受葛玛儿小姐于上开条件中所予彼之特权，其家具亦应同样交出……”

“好家伙，可了不得的判词!”地主叫了起来，“这葛玛儿·苏菲的武器可了不得，好利害的爪子!”

可怜的毕骆都，在他那幼稚的脑筋里，他就没有想过有什么原因可以叫他有一天离开葛玛儿小姐的宿舍，他打算老死在那里。

他一点儿也记不得这一条款，这条款的字句以前甚至于没有讨论过，他只是因为愿意把自己附属于老小姐而觉得这些字句是对的，他签了人家所给他呈阅的一切的契据。这种无知是太可敬爱的，而葛玛儿小姐的行为也是太狠毒了；这位六十高龄的可怜人的遭遇未免太可怜悯了，他的柔弱未免太感动人了，所以，在第一刻钟的愤怒之中，李斯杜麦夫人就叫了起来，说：

“是我让您签了这毁坏您的文据，我得把您因为我而损失去的幸福找回交还给您。”

“可是，”老绅士说，“这文据是个欺诈，这里是有官司可打的……”

“好罢，毕骆都要控告去。如果他在杜尔败诉，他可以在奥黎昂胜诉，如果他在奥黎昂败诉，他可以在巴黎胜诉。”李斯杜麦男爵嚷着说。

“如果他愿意诉讼的话，”布尔波恩先生冷冷的接着说，“我劝他得先辞去助理的地位。”

“我们请教律师去，”李斯杜麦夫人接着说，“我们要控告去，如果控告是必要的话。但是这件事情在葛玛儿小姐面上太难看了，而且对于杜鲁伯尔教士也会变成很有害的，结果可以使我们无从调解。”

从长计议之后，大家都答应帮忙毕骆都教士，去跟他的反对派所有的一切人员争斗。一种确定的揣测，一种不可言状的外省的本能逼着每一个人把葛玛儿和杜鲁伯尔两个名字联结在一起。但是除了老滑头以外，聚在李斯杜麦家里的每一个人都不知道这种争斗的正确的重要性。布尔波恩先生把可怜的教士拉到一个角落里。

“这里十四个人之中，”他低声对他说，“没有一个在两星期之内会帮您的忙的。如果您要叫什么人来援助您的话，您所能够找到的只有我这个有胆量防卫您的人，因为我认识外省，认识人物，认识事情，更重要的就是认识利害！但是您的朋友们虽然满有好意，却会把您扔在一条泥路上，您将无法自拔。请您听我的劝告。如果您要安闲的生活，您就得辞去圣卡田的助理，离开杜尔。您别说到什么地方去，但是您应当去找一个使杜鲁伯尔碰不着您的远远的教堂去。”

“放弃了杜尔?”助理惊愕的高呼，他的恐惧是无法描写的。

这在他看来就是一种死亡。这不是把他在世界所种植的一切的树根毁断了吗？独身者们是用习惯来代替情绪的。因为这种精神结构并不是使他们生活而是使他们过活，而在这种结构之中又加上了柔弱的性格，外界的事物就变成了他们的惊异的世界。所以毕骆都就变成了一种什么菜蔬似的：移植他处，这就是要摧残他的初生的幼芽。正如一棵树应当随时吸取同样的汁水而于同样的地带散布他的毛根一样，为着生活，毕骆都也得永远在圣卡田里奔跑，在他每日所走的梅伊地方散步，不断的巡行他所走过的街道，继续到每晚打魏斯特牌玩骰子的三个沙龙里去。

“啊！我没有想到这个，”布尔波恩先生用怜悯的神色瞧着教士说。

杜尔全城不久都知道一位陆军中将的寡妇李斯杜麦男爵夫人接待了圣卡田的助理毕骆都教士。这件让许多人怀疑的事情引起了一切的问题，划分了许多的派别，特别是因为沙罗曼小姐居然敢于第一个出来说到欺诈和打官司。在老小姐们所特有的极端的虚荣心和幻想的性格之下，葛玛儿小姐却受到了李斯杜麦夫人的党羽的严厉的伤刺。男爵夫人是一位高级的贵妇，她的习俗是大方的，她的趣味是高尚的，她的举止是多礼的，她有恻隐之心，这些都是不可否认的。她之接纳毕骆都可以给葛玛儿小姐的举动一个最为正式的抗议，间接的检核葛玛儿小姐的行径，好像是批准助理对于他的旧宿舍女主人所有的埋怨。

为着了解这故事起见，我们必须在这里解释老小姐们用以计算别人的举动的分析的精神所给葛玛儿小姐的力量和葛玛儿小姐的党派。在癖性冷静的杜鲁伯尔教士陪伴之下，葛玛儿小姐晚上到四五个家庭去过夜会，在那里有十来个趣味相投，地位相同的人聚集在一起。其中有一两个染上了女仆的脾气和多嘴的老头儿；五六个每天饶舌，推究邻居和社会上高高下下的人们的举动的老小姐；还有一些特别忙于诅骂，调查人家的财产，管束别人的行为的老太婆：他们猜测人家的婚姻，同样刻薄的批评她们的朋友，正如咒诅她们的敌人一样。这些似乎是一棵树的毛管而散居在全城的人物就好像树叶渴望露水一样的吸取着每一个家庭的新闻，每一个家庭的秘密，吸引着他们而机械的传给杜鲁伯尔教士，正如树叶把吸取的鲜露传布给干茎一般。所以，每星期的夜会，因为所有个人的刺激的需要，这些忠实的女人们都用十人议会一般的智慧来报告全城的确实的状况，而用嗜好所产生的正确的侦探为武器来执行警察的任务。然后当她们猜中某一事件的秘密的理由时，她们的自尊心给她们带来了审判官所有的智慧，而使她们在各人的范围中高谈阔论。这种闲荡而激发的聚合是看不见的，然而却透视一切的事物，是静默的，然而却不断的谈论，当时拥有相当的势力，虽然这聚合的薄弱使这势力从表面上看来不大为害，但是当受到紧要利害的奋发的时候，却会变成可怕的。在他们的生活范围之中，好久没有发生过和这一次毕骆都于李斯杜麦夫人支持之下对抗杜鲁伯尔教士和葛玛儿小姐的争斗同样严重，同样重要的事态。事实上，葛玛儿小姐所来往的沙龙都认为李斯杜麦夫人、布落提尔·麦尔冷、维莲诺瓦三个沙龙是他们的敌人，在这争斗的背后是有团体的精神和他的一切虚荣作用的。正如孟德斯鸠讨论圣马莲共和国时所说的一样，这是罗马的民众和参议院在一间小屋里的斗争，或是一杯清水中所起的风波，这共和国的权力只有一天的寿命，他的苛虐是容易抓到的。但是这种风波却能够在心灵之中发展出指导最大的社会福利所需要的情热。相信时间只在那些醉心于纷扰生活，扰乱人生的庞大的计划的心目中看来是快速的，这不是一个错误吗？杜鲁伯尔教士的光阴同样奋激的流逝，带着同样的忧愁思想而飞驰，他的光阴是和一个野心家，赌徒和情人的残酷的时日同样的浮皱着深刻的希望和失意。只有上帝知道我们用以战胜他人，战胜事物，战胜自己的力量的秘密。如果我们总是不明白我们的去向的话，我们却清楚我们的旅程的辛苦。不过，如果我们让历史家暂时撇开他所叙述的悲剧而来注意批评的作用的话，如果他请您来看一看这些老小姐、这两位教士的生存而寻求使他们发生本格上的腐败的不幸的原因的话，也许他要告诉您每一个人都得有相当的热情来发展一些德性，足以促进生活的高贵，生活范围的扩张，镇定一切人类的天生的自私。

李斯杜麦夫人回到城里来，而不知道五六天以来她的几个朋友不得不对人家辩驳人们所加在她身上的一种意见，如果她知道这意见的话，她一定会发笑的，这意见假定她对于她的侄儿的感情是有几乎可以算是犯罪的原因的。她带领毕骆都教士到她的律师家里来，然而律师却认为这官司并不是容易打的。助理的朋友们是被一种公理的情绪所激动的，他们对于这与个人无关的官司并不积极的关心，他们把审判开始的日期改到他们可以回到杜尔的那一天。所以，葛玛儿小姐的朋友们居然能够先发制人，懂得叙述这桩事故，使人相信毕骆都教士的理由的欠缺。所以，这位法律界的人物，这位完全是以城中敬虔的教徒们为主顾的律师却使李斯杜麦夫人大大的惊愕，因为他劝告她不要插足在这个官司里头，而于会谈结束的时候对她说他不愿意担负这责任，因为根据契约的条款，葛玛儿小姐在法律上是有理由的；由正义来说，就是说从法律以外来说，毕骆都教士在法官和一般忠厚的人看来也似乎缺少和平的性格，缺乏从来人们所假定的他的宽仁的德性；葛玛儿小姐是以容易相处的温和的女人著名的，她会为毕骆都出力，借给他必要的款项来付还享受沙普路的遗产所需要的费用而没有问他写收据；毕骆都不是不成年，他的性格不至于使他签订合同不知道合同的内容和重要；他的朋友沙普路在葛玛儿小姐家里住了十二年，杜鲁伯尔也住了十五年，如果他住了两年就搬走的话，这只能够是因为他有一个秘密的计划；所以这诉讼的判决只能够是一个忘恩背义的罪名，等等。让毕骆都在前面走向楼梯之后，法律代言人就拉了李斯杜麦夫人到一边，送着她，以休息为名义，叫她不要干涉这事情。

然而那天晚上，和一个在毕塞特尔监狱中等待着无望的上诉结果的被判死刑的罪犯一样的悲痛，当朋友们绕坐李斯杜麦夫人的壁炉准备游戏之前，可怜的助理忍不住把他的拜访的结果诉说给他们听。

“除了自由党的法律代言人以外，我不认识有任何其他健讼的人愿意负责打这官司而没有存心让他败诉，”布尔波恩先生嚷着说，“我也不劝您干涉这桩事。”

“好罢，这是一桩丑事，”海军大尉说。“我，我要领教士去见这位法律代言人。”

“您要去，得晚上去，”布尔波恩先生插一句说。

“为什么？”

“我报告您听杜鲁伯尔教士已经被命为代理主教，代替前天死去的那一位的地位。”

“我把杜鲁伯尔教士很不放在眼里。”

不幸得很，已经活了三十六年的李斯杜麦男爵却没有看出布尔波恩先生所给他送去而叫他酌量话语，给他指出杜鲁伯尔的一位当行政区参议的朋友的暗号。

“如果杜鲁伯尔教士是个骗子的话……”

“噢!”布尔波恩先生打断说，“为什么把杜鲁伯尔教士拉进这桩与他毫不相干的事情里头来呢？……”

“可是，”男爵说，“他不是享用毕骆都教士的家具吗？我记得从前到过沙普路家里，看见有两幅值钱的画。假定这幅值得一万佛郎……您相信只因为在葛玛儿小姐住了两年就愿意送一万佛郎的礼，而且他的书籍和他的家具就已经值得差不多这数目吗?”

毕骆都教士听说自己占有这么大数目的资金，不禁睁开大眼。

男爵还是激烈的跟着说：

“我对天发誓！前巴黎博物院的专家沙罗曼先生刚到这里来瞧他的岳母。今天晚上我要跟毕骆都教士一同去请他给估价这两张画。我再从那里把教士带到这位法律代言人家里去。”

这会谈之后的两天，官司算是打定了。自由党的法律代言人变成了毕骆都的律师，而给助理许多的不利。反对政府，厌恶教士和宗教，这是许多人所惊愕的两桩事，然而却和毕骆都的事情混在一起，全城的人都在谈论。前任的博物院专家认为凡郎丹的《圣母像》和黎布郎的《基督像》价值一万两千佛郎，这是两幅非常优美的作品。至于图书和高特式家具，因为巴黎对于这种东西的爱好的与日俱增，当时的价值也估为一万两千佛郎。总之，经过证实之后，专家的估计认为全部的产业值得一万厄古。很明显的，毕骆都并没有同意把这么大的数目送给葛玛儿小姐，来补偿他所短她的少数的款项，从法律的立场来说，这里有修改契约的余地；不然的话，老小姐就有蓄意欺诈的罪。所以，自由党的法律代言人就着手给葛玛儿小姐送去一封诉讼开始的文书。虽然是酸酷的，这张引用最高判决的一些法律条文的文书并不能不算是法律文学中的一篇杰作，这文书是这样明显的定罪老小姐，甚至于反对派就在全城之中分散了三四十张。

老小姐和毕骆都开始冲突之后的几天，不久刚被海军部第一次升级为小军舰舰长而希望插足其中的李斯杜麦男爵就收到了他的朋友给他的一封信，告诉他议会调查委员会正在讨论要他解甲。他得到这消息，颇为惊惶，立刻就到巴黎去，参加了部长的第一个夜会；然而部长自己也显得非常的惊讶，当他听到李斯杜麦男爵告诉他所有的恐惧的时候，他却不禁失笑了。第二天，不顾部长所说的话，男爵终于到调查委员会去探询去了。因为一些领袖们为着朋友的好处而常犯的失慎，一位秘书就告诉他这个消息的正确，而拿给他看因为一位主任的卧病而没有送交给部长的预备好的计划。李斯杜麦男爵马上去拜访他的一位叔父，这位叔父是一位议员，他能够立刻到议院去谒见部长，请求他去探询大臣的意向，因为这是关于他的前途得失的问题。于是，他就非常焦虑的在他叔父车中等着会议的闭幕。在会议结束之前还有很长的时间，议员就出来了，在他回返公馆的路途中，他对他的的侄儿说：

“你这糊涂蛋！你怎么混在这桩事情里来跟教士们打仗呢？部长一开头就告诉我你当了杜尔的自由党的领袖！他说你有许多讨人厌的意见，你不顺从政府的阵线等等。他的语气是很曲折的，好像还在议院里说话似的。后来我就对他说：‘啊，这个！我们彼此了解了！’大臣最后告诉我你跟一位教会的大人物不和。总之，探听了我的同事之后，我知道你曾过分轻佻的谈论一个什么杜鲁伯尔教士，他是个简单的代理主教，然而他却是全省的一个最重要的人物，代表教会。我替你一五一十的回答部长。我的侄儿，如果你要你的前途的话，请你千万不要跟教士们作对。请你赶快到杜尔去，跟这可怕的代理主教和解去。你得知道代理主教都是应当永远跟他们和和气气的。吓！正当我们要重新振兴宗教的时候，一位可以当舰长的海军大尉而来批评教士们，这实在是很笨的事。如果你不跟杜鲁伯尔教士和好的话，你就不必想到我的帮忙：我就要否认你。刚才宗教部长告诉我这个人将来要当主教。如果杜鲁伯尔怀恨我们一家的话，他要妨碍我最近所要举行的世卿的封爵。你懂了吗？”

这些话给海军大尉解释了杜鲁伯尔的秘密的工作，毕骆都曾天真的说过一句关于杜鲁伯尔的话：“我不知道他夜里干些什么事。”

僧会会员担任参议院在外省的秘密的警察工作的地位和他的才干使他受到了全城的教会的选拔，当了杜尔兰的秘密的总督。总主教，将军，区行政长官，大大小小的人都是在他的潜伏的统治之下。李斯杜麦男爵不久就决定了他的态度。

“我不愿意，”他对他的叔父说，“在我的炮舰的吃水部再受到教士们的一炮。”

叔侄谈判之后的第三天，急速坐邮车回到杜尔的水兵当天晚上就给他的婶母解释了以李斯杜麦家庭的希望来孤注一掷的危险，如果他们两个人还要坚持拥护这位傻瓜毕骆都的话。当老绅士布尔波恩先生打完魏斯基特，取了手杖，戴上帽子，想要离开的时候，男爵就留住了他。老滑头的眼光是给李斯杜麦家族排除困难所不可缺少的。老滑头之所以寻觅他的手杖和帽子也不过是为着要让人朝着他的耳朵说了这句话而已：

“请您等等，我们还要谈一谈哩。”

男爵的急促的重返，他那故作满意而不时不时的现出严重的脸色的神气已经泛泛的给布尔波恩先生显露出这位大尉在对抗葛玛儿和杜鲁伯尔的巡逻中所受到的打击。当他听到男爵宣布代理主教的秘密的权力的时候，他一点儿也没有现出惊愕的态度。

“我早已知道了。”他说。

“那末，”男爵夫人叫了起来，“您为什么没有预先告诉我们？”

“太太，”他兴奋的说，“请您忘记我曾测量到这位教士的潜伏的力量，我也得忘记您也同样的知道。如果我们不保守秘密的话，我们一定要变成他的阴谋的对象；我们一定要变成他所猜忌他所怀恨的人。请您学我的办法：装傻；但是您得清楚从何处下脚。我已经对您说得够了，但是您没有懂得我的话，而我也不愿意受累。”

“我们现在得怎么办呢？”男爵说。

放弃毕骆都是不成问题的了，这是三个参谋所同意的第一个条件。

“退守得宜往往是良将的杰作，”布尔波恩先生回答说，“在杜鲁伯尔之前退步。如果他的怀恨并没有他的虚荣心那样的强烈的话，您可以把他拉来交成一个盟友；如果您退步过分的话，他就要残踏您的腹部；因为步瓦刘曾经说过：多半是毁灭一切，这就是教会的精神。您得让他相信您去了职，您就可以避免他的危害，男爵先生。——送走助理，太太，您就可以使葛玛儿胜诉。您应当在总主教家里问杜鲁伯尔教士是不是会打魏斯特，他一定会告诉您会的。您就请他来参加您的沙龙，他本来愿意受您的招待，他一定会来的。您是一位女人，您应当知道把这位教士放在您的兴趣中。当男爵升为舰长，他的叔父封为法兰西世卿，杜鲁伯尔派为主教的时候，您就可以随意使毕骆都当僧会会员。一直到那个时候为止，您都得退步，不过得温和而威吓的退步。您的家庭可以给杜鲁伯尔他将来所能给您的同样的支援；你们可以紧密的合作。——而且您得拿着探水器走路，水兵！”

“这可怜的毕骆都！”男爵夫人说。

“噢！赶快使他受些轻伤，”地主一边答辩，一边走了出去。“如果有一两位狡猾的自由党占住了这个空脑袋的话他会给你们产生许多的苦恼，总之法院会宣布他的胜诉而杜鲁伯尔也应当会害怕这判决。他现在还能够原谅你们给他开始战斗；但是，一个失败之后，他会变成不可和解的。我的话说完了。”

我敲了敲他的烟匣，去穿上了他的双层鞋，就出去了。

第二天早晨，吃过饭之后，男爵夫人一个人单独跟助理留在桌上，不是没有难为情的颜色的对他说：

“亲爱的毕骆都先生，您一定要觉得我的要求是无理的，前后矛盾的；但是为着您，为着我们，都得先取消您控告葛玛儿小姐的官司，放弃您的愿望，再离开我的家。”

听了这些话，可怜的教士脸色惨白了。

“我是无意的使您不幸，”她接着说，“我知道如果不是我的侄儿的话，您也不至于打这官司，现在这官司却使您苦恼，也使我们悲愁。但是请您听！”

她就给他简略的叙述这桩事体的范围的广大，给他解释结果的严重。她的考虑使她夜里想到杜鲁伯尔过去生活的可能的背景：她居然能够正确的指示毕骆都他是如何的堕在这个仇恨所精巧而大胆布置好的罗网中，给他说明他的仇人的才能，告诉他这仇人对他的怀恨，怀恨的原因，这怀恨是如何的在沙普路之前隐存十二年，如何的吞灭沙普路而又如何的还在沙普路的朋友身上来迫害沙普路。天真的毕骆都听到了他那洁净的灵魂所未曾想象过的人类的丑态，不禁握住双手，祷告而哀哭。好像是脚临地狱边上一样的受惊，他一动也不动的盯住泪眼倾听着女恩人的演讲，然而却没有表示任何的意见。她最后对他说：

“我知道把您扔掉的一切的过错；但是，亲爱的教士，保守家誉的责任是在保守友谊的责任之上的。正如我一样，请您放弃这个风波，我得给您证明我的感恩。我不跟您讨论您的利益问题，我可以在这一方面负起责任。您可以整个的放心您的生活问题。

布尔波恩懂得如何遮掩外观，以他为媒介，我可以使您不至于有任何的缺乏。朋友，请您让我来出卖您。我还要永远做您的朋友而不至于违反人世的规律。请您决定罢。”

可怜的教士愣住了，叫了起来：

“所以沙普路说对了，他说如果杜鲁伯尔能够从墓中持着他的脚把他拉出来的话，杜鲁伯尔是会干这个的！杜鲁伯尔睡在沙普路的床上。”

“这不是悲伤的问题，”李斯杜麦夫人说，“我们没有多少的时间。我们想想看！”

毕骆都太好了，他不能够不在严重的局面之下服从第一秒钟所发出的不假思索的赤诚。何况他的生命也已经不过是一个临终而已呢。他对他的女保护人投去了一道令她伤痛的眼色，而对她说：

“我相信您。我只是街中的一根布里尔！”

这是杜尔兰的一句土话，除了草屑以外，我们再也找不到其他相当的字眼来解释他。不过，有的草屑是细小而美观的，黄色的，平滑的，晶亮的，是儿童所喜欢的，而布里尔却是褪了色，带着泥，在溪中飘流，被风波驱策，被行人脚踏的草屑。

“但是太太，我不愿意把沙普路的遗像留给杜鲁伯尔；这遗像是为我而造的，他是属于我的，请您想方法给我弄回来，其他的一切我都不要了。”

“好罢，”李斯杜麦夫人说，“我要到葛玛儿小姐家里去。”

说这句话的音调可以表现李斯杜麦男爵夫人是如何的格外费力低头来阿谀老小姐的骄傲。

“并且，”她加上说，“我要想方法解释一切。我好容易敢希望这个。请您去瞧瞧布尔波恩先生，请他好好的给您起草撤消追究状，请您给我把合法的文据带来；然后，叫总主教帮忙，我们也许可以了这一桩事。”

毕骆都惊惧的出去。在他眼中杜鲁伯尔忽然是和埃及的金字塔一样的庞大。这个人的手在巴黎，而他的肘却一直伸到圣卡田隐修院来。

“他，”他对自己说，“防碍李斯杜麦侯爵受封为法兰西的世卿？……并且叫总主教帮忙，人家也许可以了这一桩事！”

在这些重大的利益之前，毕骆都觉得自己只是一只吃面粉的小虫：他为自己解释。

毕骆都迁居的消息非常使人惊讶，因为他的原因是莫明其妙的。李斯杜麦夫人说她的侄儿要结婚要脱离军役，为着扩张她的寓所起见，她需要助理的住房。谁也还没有知道毕骆都的撤消追究。所以布尔波恩先生的训令是非常谨慎的实施着。这两个消息传到代理主教的耳朵时应当可以抚摸代理主教的自尊心，使他知道如果她不投降的话，李斯杜麦一家至少得保持中立，而隐然认识教会的秘密的权力：认识他不就是投降他吗？然而这官司却整个的停留在待判的状态之下。这不就是一面退步一面威吓吗？

所以诸位李斯杜麦在这斗争中所取的态度完全和代理主教所取的态度一样：他们都站在旁观的地位，然而却能够整个的指挥。可是，一个严重的事态忽然的发生，使布尔波恩和诸位李斯杜麦所想要来平和葛玛儿跟杜鲁伯尔一派的计划更难于成功。前一夜，葛玛儿小姐走出大教室时着了凉，她就躺在床上，一般人也就以为她是患了重病。全城的人都在一个错误的怜惜之下替她抱怨。“葛玛儿小姐的感觉力怎么能够经得起这官司？不管她的理由如何的正当，她总要因为忧愁而死。毕骆都杀死了他的女恩人……”这些就是大秘密会社的毛管所投射而为杜尔全城所乐于传布的主要的语句。

李斯杜麦夫人来到老小姐家里而没有得到拜访的结果，她觉得是上了当。她非常客气的请求和代理主教谈话。也许因为要在沙普路的书房，要在装饰着这两张引起争执的名画的壁炉旁边接待这个一向不认识他的女人而产生的骄傲的情绪，杜鲁伯尔让男爵夫人等待了一些时候；然后他才同意来延见她。当男爵夫人和教士面对面在同一的幕景中出现的时候，他们的谈话是任何的臣子或是任何的外交家在特殊的利益谈判中，或是在国交的冲突中都没有那样的能耐，那样的圆滑，那样的深刻的。

正如中世纪的教父用有效的劝告来武装走入校场的决斗者而增强他的力量一样，老滑头曾经对男爵夫人说：

“千万别忘记了您的地位，您是中人而不是当事人。杜鲁伯尔也是一个调解的人。得斟酌您所说的话！您得研究代理主教的语气。如果他摸抚着他的颔部的话，您就算是迷了他了。”

有些画家很喜欢在讽刺画中画出人家的话语和人家的思想的对照。这里，为着明白了解教士和贵妇之间的舌战的趣味起见，我们必须把他们在表面上毫无意义的语句下所共同追索的思想揭破出来。李斯杜麦夫人先说到毕骆都的官司对她所产生的忧愁，然后说到她是如何的希望这场公案能够在双方的共用满意之下告一结束。

“事情已经坏了，太太，”教士沉痛的说，“品行高洁的葛玛儿小姐快要死了。”（但是他心里却想着：我对于这位傻小姐的兴趣并不比我对于约翰牧者所感的兴趣为高，不过，我很想用她的死来给您的肩背倒下一盘冷水，使您良心上感到不安，如果您的幼稚够得让您忧愁的话。）

“听到她的病，先生，”男爵夫人回答说，“我就从助理先生处弄到一张撤消诉讼状，是我给这位圣洁的小姐带来的。”（她心里想：我猜你，你这狡猾的光棍！但是我们现在是受不到你的诽谤了。至于你，如果你拿了这撤消状的话，你就上了当了，你就算是承认了你的复杂性。）

一会儿的岑寂。

“葛玛儿小姐的俗事并不是我所关心的，”教士低下了他那宽阔的眉毛，罩住了他那鹰鸟一般的眼睛，来掩饰他的情绪，然后就说了这句话。（噢！噢！您别累了我！但是，谢谢上帝！该落地狱的律师们不会再打一场可以污我名誉的官司了。李斯杜麦一家人这样的帮忙我，他们到底是什么意思呢？）

“先生，”男爵夫人回答说，“毕骆都先生的事情跟我没有关系，正如葛玛儿小姐的利益跟您并没有什么相干一样；但是不幸得很，他们的争端可以影响到宗教的声誉，我只把您看作是一个调停人，我也只是一个中人而已……”（我们不必互相欺骗，杜鲁伯尔先生——她想——您觉得出这句回答的讽讯的意义吗？）

“宗教受影响，太太！”代理主教说。“宗教是太高的，人们不能够打击到他。”（他想：宗教吗？宗教就是我。）“——上帝会公平的审判我们，太太，”他加上说，“我只承认他的审判。”

“那末，先生，”她回答说，“我们就来把人类的判断和上帝的判断相合罢。”（是的，宗教吗？宗教就是你。）

杜鲁伯尔教士改了腔调：

“令侄先生不是去过巴黎吗？”（他想：你们一定是从那里得到我的消息。你们曾经轻蔑过我，我能够踏碎你们。所以，你们就来投降了。）

“是的，先生，谢谢您关心他。他今天晚上要回巴黎去，部长召他去，部长对我们很好，他不愿意看见小侄退伍。”（她想，你这耶稣会会徒，你不会踏碎我们，我懂得你的笑谑了。）

一会儿的静默。

“我觉得他在这桩事里的行为是不对的。但是我们得原谅一位不知道自己的权利的水兵。”（她想：我们联盟起来罢。这样的争执是得不到好处的。）

教士的微笑消失在他的脸纹之中。

“他给我们效过一次劳，让我们知道这两张图画的价值，”他瞧着两张画说；“这两张画拿来装饰圣母祈祷室是最好不过的。”（您给过我一个讽刺，这是两个，我们算是清账了，太太。）

“如果您把他们送给圣卡田，我就请您让我捐给这教堂几个合式的工巧的镜框。”（她想：我要使你承认你渴望毕骆都的家具。）

“他们不是我的东西，”教士说着，他总是留心着他的说话。

“可是，这里正是一张文据，”李斯杜麦夫人说，“这文据可以消灭一切的争论，可以把这两张画归还给葛玛儿小姐。”她把撤消诉讼状安放在桌上。（她心里想：您瞧，先生，我多么的相信您。）“先生，”她加上说，“您最配得，您的品格是最适宜来给两个基督徒和解的；虽然我现在对于毕骆都先生并不怎么样的关怀……”

“然而，他是寄宿在您家里的。”他打断说。

“不，先生，他已经不在我家里住了。”（她想：我小叔的世卿封爵和我侄儿的军级真让我做了许多懈怠的事。）

教士保持镇静，但是他那沉默的态度却是他那最剧烈的情感的符号。只有布尔波恩先生猜到这表面的和平的秘密。教士胜利了！

“您为什么负责来给他送这张撤消状？”他问着，他说这句话的感情就好像是一位要使女人继续恭维他的人所有的感情一样。

“我抵抗不了一种同情心的冲动。您应当知道毕骆都的性格是柔弱的，他求我来见见葛玛儿小姐，跟她商量和解，只要能够得到……”

教士皱着眉毛。

“到得著名的律师们所承认的权利，遗像……”

教士瞧着李斯杜麦夫人。

“先生，”男爵夫人说，“毕骆都先生的事情跟我没有关系。”

“……沙普路的遗像，”她接着说。“我让您来判断他的要求……”（她想：如果你还要争辩的话，你就要被判罪。）

男爵夫人说著名的律师们这句话时所用的腔调使教士看出她认得仇人的强点和弱点。李斯杜麦夫人在这个长时间保持这腔调的谈话中给这位超卓的知音者表现出她的才能，教士也就下楼到葛玛儿小姐房里去寻求这个调解建议的回答。

杜鲁伯尔去了一会儿就回来。

“太太，这是临死的可怜的女人的回答，她对我说：‘沙普路教士先生对我太好了，我不能够把他的遗像送出去。’至于我呢，”他接着说，“如果这是我的东西的话，我也不会把他让给任何的人。我对于已故的上司有恒常的感情，我相信自己有权利给一切的人来争取他的遗像。”

“先生，我们不必为这一张破图像来争吵。（她想：我讽讥您正如您自己讽讥自己一样。）您就留着罢，我们可以摹一张。我很快乐能够平静这个悲痛的官司，我也能够从这里认识您，这是我个人所感到快慰的。我听说您有打魏斯特牌的本事。您总可以原谅一位女人的好奇，”她微笑的说。“如果您愿意到我家里来打一两次的话，您就不会疑惑您在我家里所受到的欢迎。”——杜鲁伯尔摸抚着他的颔部——（她想：抓到他了！布尔波恩说得对，他有虚荣的成分。）

事实上，代理主教是在这一时刻动起了一个优美的感觉，这感觉是美拉保得意的日子看见以前不许他进内的旅馆，在他车前开了通车大门的时候所不能没有的。

“太太，”他回答说，“我事情太多，不能够到社会去交际；但是，为了您，还有什么事不能做的呢？”（他心里想：老小姐快要死了，我无妨来结交李斯杜麦一家，如果他们肯帮我的忙的话，我也无妨帮忙他们！最好是跟他们交朋友不要结成仇。）

李斯杜麦夫人回到家里去，她希望总主教能够出来完成这个已经开了好端的和平的工作。但是，毕骆都甚至于连自己的撤消诉讼状也没有利用上。第二天，李斯杜麦夫人得到了葛玛儿小姐的去世的消息。打开了老小姐的遗嘱之后，没有人会奇怪她选定了杜鲁伯尔教士来当她的承受遗物人。她的财产计有十万厄古。代理主教给李斯杜麦夫人家里送去了两张请帖，一张给她，一张给她的侄儿，请他们来参加他的女朋友的大殓和葬礼。

“我们得去。”她说。

“这不是别的事!”布尔波恩先生嚷着说，“这是杜鲁伯尔先生对于你们的一个试探。——男爵，请您一直送到墓园，”他转过身来朝着海军大尉加上一句说。男爵不幸没有离开杜尔。

入殓的礼仪举行了，而且是大规模的宗教的仪式。只有一个人痛哭，就是毕骆都，他一个人偷偷的藏在一个较远的祈祷室里，不让人家看见，自以为是老小姐所以致死的原因，非常诚恳的为死者的灵魂祷告，苦痛的悲伤自己没有得到她的宽恕。杜鲁伯尔伴着他的女友的尸体，一直送到下葬的墓坑里。走到墓坑的旁沿时，他运用他的才能发出了一篇演讲，把这位遗嘱作者的狭小的生活说得简直和纪念碑一样的伟大。出席的人在他的结论里注意到这些语：

“这满充着上帝和宗教所赐予的时日的生命，这满充着静默中所施行的谦卑，无人知晓的道德行为的生命，这生命是被一种苦痛破坏了，如果在永生的边缘，我们可以忘却我们的一切忧愁都是上帝给我们送来的，我们无妨把这种苦痛叫做不大值得的苦痛。这位认识灵魂的高贵和诚实的圣女的许多朋友都预先看到她能够忍受一切，除了使她的整个生命枯萎的那些加在她身上的怀疑以外。所以，上天也许就是要把她领导到上帝的怀抱里，给她免除我们的悲愁。那些能够在世上自己和平休息的人们是有福的，正如苏菲现在穿着贞洁的长袍休息在快乐的生活中一样!”

“当他说完这篇壮丽的演讲的时候,”夜会结束,门户关紧,布尔波恩先生,李斯杜麦夫人和男爵单独的留下,正当布尔波恩先生给李斯杜麦夫人叙述下葬的情况的时候,他接着说,“如果可能的话,请您想象一下这位穿黑色道袍的路易十一世是如何的拿起圣水刷子洒了一次最后的圣水。”

布尔波恩先生拿着火钳,学着杜鲁伯尔教士的姿势,他学得这样的惟妙惟肖,男爵和他的婶母都禁不住微笑了。

“这其实是,”老地主接着说,“这其实是他的自相矛盾。一直到现在为止,他的举止都是很完全的;但是,在他隐蔽他对这位他所极端轻蔑,甚至于他所怀恨的老小姐(他之痛恨葛玛儿是和他之痛恨沙普路一般程度的)之中,他却不能够在一个姿势里不发出一种快乐的情调。”

第二天早晨,沙罗曼小姐到李斯杜麦夫人家里来吃饭。到达的时刻,她很感动的说:

“刚才我们的可怜的毕骆都教士受到了一个难堪的打击,这是最有计划的怨恨的阴谋。他被委为圣山方里恩的教士。”

圣山方里恩是杜尔的一个郊镇,坐落在桥的那一边。这条桥是法兰西的建筑术的一个最好的结晶品,长约一千九百尺,两端的空场是同样的大小。

“您明白了吗?”她歇了一会儿,又接着说,颇为李斯杜麦夫人得此消息时所有的冷淡的态度所惊讶。“在那里,毕骆都教士就等于离开杜尔,离开他的朋友们,离开一切的东西一百法里远了。他每日的瞧着这座他的亲切的城市,以后却不容易来到这里了,这不就是一个难堪的放逐吗?自从他的不幸之后,她好容易才能出门走路,以后却得走上一法里,才能够见到我们。这不幸的人,他现在已经病倒了，他在床上发烧。圣山方里恩的牧师住宅太冷了，太潮了，教士也没有钱修理。可怜的老头儿简直是真真的走进坟墓，埋在里边了。多可怕的阴谋啊!”

现在，为着结束这篇故事起见，也许给我们叙述一些简单的事态，画一个最后的轮廓也就够了。

五个月之后，代理主教真成为主教。李斯杜麦夫人去世了，遗嘱给毕骆都教士留下一千五百佛郎的年收。公布遗嘱的那一天，特罗瓦的主教伊亚参特先生刚刚好要离开杜尔城，到他的管区去居住，但是，他没有来得及动身。杜鲁伯尔大为发怒，因为他认为他是被一位女人耍玩了，他曾给这位女人伸过手，然而这女人却偷偷的给他的敌人伸手。于是乎，他又重新来威胁男爵的前途和李斯杜麦侯爵的封爵。在主教的客厅里，他在大庭广众之前发了一篇满充着仇恨而又满充着宽仁的说教。富有雄心的水兵特来拜访这位难于和解的牧师，无疑的，教士就给他提出了许多难于接受的条件；因为男爵的行为证明了他对这位可怕的教会人物的完全的忠实。新任主教下令把葛玛儿小姐的房子还给大教堂，他把沙普路的图书和书架送给小小的初级修道院，他把那两张名画献给圣母祈祷室；然而他却留下了沙普路的肖像。任何人都不知道杜鲁伯尔教士这样几乎全部的放弃了葛玛儿的遗产是什么道理。布尔波恩先生认为主教是要私下保留现款的部分，因而能够在巴黎保持他的名誉，如果他能够在上议院占有主教的座席的话。最后，在杜鲁伯尔主教动身的前夜，老滑头终于猜想到这个举动的背后的目的，这给最柔弱的牺牲者的最坚决的报复的打击。男爵极力攻击李斯杜麦夫人所给毕骆都的遗赠，认为是一种骗取！收到初审传票之后的几天，男爵被委为军舰舰长。在规律的措置的名义之下，圣山方里恩的教士就被禁止自由了。教会的高级权威预先判决这场官司。杀害已故的葛玛儿·苏菲的凶手于是就是一个骗子了！如果杜鲁伯尔主教保留了他从老小姐处所得到的承继，他就不容易制裁毕骆都了。

当特罗瓦的主教伊亚参特先生坐着邮轿沿着圣山方里恩堤岸到巴黎去的时候，可怜的毕骆都教士正被人搁在一块土台上阳光之下的靠椅中。受到总主教的打击，这位可怜的教士变成惨白而清瘦的。印在一切脸纹之中的忧愁整个的败坏了这副当日那样喜悦的脸孔。他的眼睛当年是被这位良善的女人的快乐天真的灌以生气，当年没有沉重的思维，现在却被疾病盖上一层激动一种思念的布幕。一年之前，在修道院穿行的毕骆都是这样轻松而自得的，现在却只是这毕骆都的骨架了。主教给他的牺牲者投去一道轻蔑而怜悯的眼色，然后就决定忘记他，而走了过去。

没有人怀疑杜鲁伯尔不是古代的喜尔德布兰或亚力山大六世。今日，教会已经不是一种政治的势力，已经不吸收孤独者的力量。独身主义使一个人的一切力量集中在一个独一的情欲、自私之上，他产生了这么样的一个重大的恶习，他使独身者变成害群的，或是无用的。我们是生存在这个时代里，这时代的政府的缺点就是没有为个人而构成社会，乃是为社会而构成个人。社会制度要开发个人，个人也要为自身的利益而开发社会；在个人与社会之间生存有一个永远的斗争。但是古代的时候，个人实际上是更自由的，然而他却显得对于公共的事物更为宽厚。人类活动的范围不知不觉的扩张了：可以包含在这结合之中的心灵绝不要让他变成一个例外；因为，一般的情形，不论是在精神方面也好，是在物质方面也好，运动总是损失他在扩张范围之中所获到的力量的强度。社会切不可建筑在例外之上。最初，一个男子不过是一个简简单单的父亲而已，他心脏热烈的跳动，集中于他的家庭的范围之内。后来，他就为氏族或是小共和团体而生存：希腊或罗马的历史上的伟大的忠诚就是这么产生出来的。再后，他就是阶级的一份子或是教会的一份子，往往为这阶级或教会的光荣而显得非常的超卓；可是，从这里起，他的兴味的范围就在一切的理性的园地里增加提高了。现在，他的生命是联结在一个伟大的祖国的生命之上；人家说，他的家庭不久就是整个的世界了。这道德上的大同主义，这罗马教会的希望难道不会是绝大的错误吗？相信一个高贵的妄想的实现，相信人类休戚同等的实现，这是很自然的！但是，不幸得很！人类的结构并不是这样神圣的。有相当宽大的灵魂去适合伟人们所有的热情的人绝不会是简单的公民，也不会是家庭的父亲。有的生理学家以为因为脑筋这样的发达，心脏应当得缩小。这真是莫大的错误！自私主义使许多心中怀有科学的知识，怀有国家的观念，怀有法律的信条的人结成党派，这难道不是最高尚的情感，某种团体结合的原动力吗？为着产生新的民族，新的思想起见，他们难道不是得在他们那强力的脑筋里把女人的乳部结联在上帝的力量之上吗？伊诺桑三世的历史，彼得大帝的故事，一切时代领导者或是国族指导家的经过，必要的话，都可以高度的证明杜鲁伯尔在圣卡田修道院的深处所代表的这个强力的思想。

一八三二年四月于圣飞尔曼